山亭ミアキス

古内一絵

角川文庫
23981

目次

序

空はよく晴れわたり、雲一つ浮いていない。

強い日差しの下に広がるのは、どこまでも続くアスファルトの海。白いラインで区切られた灰色のアスファルトには、波間に浮かぶ艀のように、自家用車がまばらに駐まっていた。

地方都市の巨大な平面駐車場。

その奥に、ショッピングセンター、ゲームセンター、レストラン等を併設した複合商業施設が鎮座している。

たった一本だけ植えられた楠の上から、一匹の猫が人気のない駐車場を見下ろしていた。琥珀のような金の瞳と、混じりけのない漆黒の毛並みを持つ成猫だ。昼下がりの日差しを浴びて、艶やかな毛並みが輝く。

しばらくすると、エンジン音を響かせて、黒いミニバンがやってきた。傷だらけの汚れたミニバンは、楠の真下の、車椅子のマークが描かれたスペースに乱暴に停まった。

運転席の扉をあけ、短髪を金色に染めた男が現れる。続いて助手席から、長い茶色の髪を腰の近くまで垂らした若い女が降りてきた。

「ねえ、ここ、優先スペースじゃないの……？」

小声でおずおずと囁いた女に、上背のある男がくるりと振り返る。その瞬間、女の身体がびくりと強張った。

「だぁかぁらー、ここがゲーセンに一番近いっつってんだろ」

男が威圧的な声をあげる。

「大体、駐車場、ガラガラじゃねえか。どこへ駐車しようが関係ねえだろ。バカのくせに、余計なこと言ってんじゃねえよ」

「ごめんなさい……」

弱々しく呟いてから、女は後部座席の扉に手をかけた。

「おい！」

扉をあけようとした女を、男が声を荒らげて遮る。

「なに、勝手なことしようとしてんだ。うるせえから、寝かせとけよ」

「だって」

女がわずかに慌てたようになった。

「こんなところで寝かせてたら、熱中症になるかもしれないし……」

「はあ？　なに言ってんだよ」

男が女の前に顔を突き出して詰め寄る。

「だから、こっちだって気を遣って、木陰に駐めたんじゃねえか。それを、お前は優先スペースだのなんだの、文句つけやがって」

「ご……、ごめんなさい」

「すぐ戻れば、問題ねえよ。大体、今、何月だと思ってんだ。もうすぐ十月になるんだぞ。十月なんて、秋だ、秋。だからお前はどうしようもないバカなんだよ。バカはこれ以上、口開くな。俺の言うとおりにしてればいいんだよ」

言うなり、男は女の頭を平手で強くたたいた。

ぱちんと乾いた音が響く。

たたかれた女の蒼褪(あおざ)めた顔からは、一切の表情が抜け落ちた。

「ほら、いくぞ。少しくらい放っておいたって、大丈夫だ。ゲームやってるときにウロチョロされると気が散るし、いつもみたいに一人で待たせておくと、お節介なババアに警備員呼ばれたりするからな」

くるりと踵(きびす)を返し、男が複合商業施設に向かって歩き出す。

若い女はしばらく無言で立ち尽くしていたが、

「さっさとしろよ！」

と怒鳴りつけられると、ぎこちない足取りで、男の後を追っていった。

始終を見守っていた黒猫は、枝を伝ってするすると楠の幹を下り、途中で、バンの後部座席を覗き込んだ。

ティッシュペーパーの箱や、空のペットボトルが散乱した後部座席では、薄汚れたフリルのシャツにオーバーオールを着た五歳くらいの小さな女の子が眠っていた。

この子のことは、よく知っている。

両親がゲームセンターにいっている間、一人で駐車場に置き去りにされていることが多かった。時折、ゲーム中の男にショッピングセンターに買い出しにいかされたらしい若い女が、ゼリーやヨーグルトの袋を手に息を切らして戻ってくることがあった。

〝食べたら、ごみはちゃんとごみ箱に捨てるんだよ。絶対お父さんにばれないように、ちゃんとしないと駄目なんだからね〟

言い含めるように告げると、女は長い髪を振り乱して、必死の形相でゲームセンターへ走っていく。女の子がいつも着ているオーバーオールの胸ポケットに、キャラメルやキャンディーをねじ込んでいくこともあった。

残された女の子は、若い母親の後ろ姿を名残惜しそうに眺めていた。

〝猫ちゃん、おいで……〟

　ヨーグルトの蓋（ふた）を時間をかけて不器用にこじあけると、女の子は必ずそう呼びかけてきた。小枝のような細い腕。自らも空腹そうなのに、蓋の上にヨーグルトを山盛りに載せて差し出した。本能に導かれるまま、猫はそれを食べた。小さな舌でぴちゃぴちゃとヨーグルトを舐（な）める猫を、女の子は幸福そうな笑みを浮かべて眺めていた。

　猫は注意深く、後部座席の女の子の様子を窺（うかが）う。

　今は木陰になっているシートで、女の子はすやすやと眠っている。しかし、その胸元に、じわじわと西日が忍び寄っていた。

　ひらりと駐車場に舞い降りると、猫は周囲を見回した。海のように広い駐車場には、ほかに人の姿がない。ましてや優先スペースには、女の子が眠るバンの他、一台の車も駐まっていない。自家用車が比較的集まっている場所を目指し、猫は駐車場を進んだ。

　ようやく、ショッピングセンターから出てきた初老の夫婦を見つけた。人間に呼びかけるときの声色を使い、猫は老夫婦に近寄る。

「やだ、黒猫。縁起悪い」

「ただの野良猫だろう？　放っておきなさい」

　しつこく纏（まと）わりつく猫を、老夫婦は迷惑そうに追い払った。残念ながら、彼らは猫に親しみを覚える類の人間ではなかったようだ。

それからも、猫は人影を見つけては、彼らにすり寄り、訴えた。しかし、彼らはむやみにかまおうとするか、露骨に拒絶するかのどちらかで、真に猫の訴えを理解するものは、誰一人としていなかった。

猫の呼び声は、段々うなり声に変わる。

「なに、この猫、気持ち悪い」

「変な病気なんじゃないの？」

獰猛なうなり声をあげて駐車場を徘徊する猫を、人間たちはますます避けた。

そうこうしているうちに、強烈な西日が、じりじりと周囲を焼いていく。「すぐに戻る」と言っていたはずの男も、若い女も、一向に戻ってこない。

熱されたアスファルトを蹴り、猫は楠の根元に駐められたバンに駆け寄った。

木陰はすっかり遠ざかり、直射日光が当たるシートでは、女の子がぐったりとしている。

ボンネットから屋根によじ登り、猫は後部座席の窓をひっかいた。

真っ赤な顔の女の子が、うっすらと眼をあける。乾ききった唇が、小さく震えた。

猫ちゃん……。

声なき声を聞いた瞬間、漆黒の猫は自分の奥底から、これまで個体の本能に押されて気づくことのなかった深い衝動が、むくむくと湧き起こるのを感じた。

それは、紀元前の昔から脈々と受け継がれる、自分たちだけが持つ叡智としか言いようのないものだった。

そのとき、猫は〝我々〟という人称を得、自分たちがいかに特別な存在であるかを悟った。

ああ、我々はこの子を知っている――。

流星の如く、太古の記憶が猫の裡に落ちてくる。

この子との縁は、今世だけのものではない。

一万一六〇〇年前の昔。チグリス川支流の肥沃な三日月地帯。深い森の奥から出てきた我々に、肉の欠片を差し出してくる少女がいた。

自らも飢えているはずなのに、なぜ、〝彼女たち〟は〝我々〟にそんなことをしたのだろう。

しかし、そこから確かに、人と我々の不可思議な絆が始まったのだ。

太古の記憶に、ヨーグルトを舐める自分を愛おしむように眺めている女の子の面影が重なる。

その刹那、猫の中に、くるおしいまでの焦燥感が湧いた。

今の自分はなんと非力なことか。神話の時代から受け継がれているはずの、全能たる叡智を発揮することができない。

猫は虚しく、かりかりと窓をひっかき続けた。

暑い、苦しい……。

女の子の心の苦悶が聞こえ、猫は一層己の無力に苛まれた。崇高なる〝我々〟にとって、それは耐え難き屈辱だった。

やがて、薄く開いた目蓋の奥で、女の子の瞳が遠い幻を映し出す。

深い山の中の、青く澄んだ湖。

そこは、いつか母と二人だけで訪れた、思い出の場所のようだった。

〝お父さんに内緒で、また、こようね〟

忘れ得ぬ約束を、女の子は朦朧とする意識の中で何度となく繰り返す。

お母さん……。

もう女の子には、瞬きをする力も残っていない。

約束……。

暑さに苦しむ小さな魂が、いつしか冷たい湖にすうっと吸い込まれていく様を、漆黒の毛並みの猫は、琥珀色の瞳でじっと見ていた。

第一話　競わせる女

山道に入った途端、フロントガラスをたたく雨が強くなった。

木島美沙はワイパーの速度を上げて、眼を眇める。悪天候のせいもあるだろうが、まだ午後五時を過ぎたばかりなのに随分と暗い。

「もう、秋だものね……」

自分に言い聞かせるように、美沙は呟く。

毎日真夏のような残暑が続いていたせいで、つい季節を間違えそうになるけれど、既に十月に入っているのだ。この先、日はどんどん短くなる。

それにしても、地方の国道というのは東京では考えられないほど狭い。対向車がきたらと思うとひやりとする。鬱蒼とした杉林に囲まれた東北南部の山道には、ガードレールどころか、電灯の一つもなかった。

悪天候の中、自分の車のライトを頼りにたった一人で運転をしていると、美沙は段々心細くなってきた。こんなことなら、サブマネージャーも一緒に連れてくるべきだったろうか。

頭に浮かんだ考えを、すぐに打ち消す。

今日のような案件に、当事者意識の薄そうな年下男を連れてくるのは、美沙自身の精神衛生にもよくない。

どの道、交渉が決裂するのは、最初から眼に見えていた。

この日、美沙はある地方都市のフィルムコミッションを訪ねた帰りだった。フィルムコミッションとは、映画やテレビドラマ等の地域ロケを斡旋する映像支援機関だ。フィルムコミッションが誘致するご当地映画は、地域の活性化にも一役買っている。先ほど面会してきたフィルムコミッションのプロデューサーの渋面を思い返し、美沙は憂鬱な思いに囚われた。

地方興行会社出身の初老のプロデューサーは、いかにも元映画青年といった人物だった。ああいう実直そうな人に、東京同様のスノッブな方法が通用するはずがないと踏んではいたものの、美沙が持参した〝迷惑料〟は、予想以上の手厳しさで拒絶された。

こんなものを持ってくるより、きちんと事実確認をして、メンバーにしかるべき釈明と謝罪をさせろ――。

もっともな言い分に、項垂れそうになった。

結局、美沙はつき返された迷惑料を手に、すごすごと退散するしかなかった。

美沙は中堅芸能事務所でマネージャー業をしている。実を言えば、十代から二十代の頭にかけて、同じ事務所で美咲（みさき）という芸名でタレント活動をしていたこともあった。大学卒業をきっかけに鳴かず飛ばずのタレント活動に見切りをつけ、卒業後は専門商社で働いていたのだが、三十半ばになったとき、古巣の事務所の社長からマネージャー業をしてみないかと声をかけられた。身軽な独身女性だった美沙は、それを機会に再び芸能界に舞い戻ることになった。

現在美沙は、十代の読者モデルを中心にしたアイドルユニット「プラチナエンジェル」のチーフマネージャーに就任したばかりだ。

マネージャー歴二年、三十七歳でチーフマネージャーというのは、美沙の事務所では異例の出世に当たる。もっとも、この就任には裏がある。

「プラエン」のメンバーが〝不祥事〟を起こしたため、もともとの男性チーフマネージャーが監督不行き届きの責任を取らされ、突然の辞任となったのだ。

今回の映画、やっぱり降板しかないだろうな……。

狭い山道でステアリングを切りながら、美沙はあきらめ気分で息をつく。

この夏、フィルムコミッション主導によるご当地映画のヒロイン役に、「プラエン」のメンバーの一人、彩佳（あやか）が抜擢（ばってき）された。彩佳にとっては、映画初出演、初主演の大きなチャンスだ。「プラエン」に俳優枠ができるのは悪い話ではないと、美沙も個人的に応援したい気持ちになっていた。

ところが、一連の不祥事騒ぎでそれも水泡に帰すことになりそうだ。

ご当地映画のオーディションを受けたのは、彩佳自身の強い希望によるものだったと聞いている。しかし彩佳の思いとは裏腹に、事務所は既にこの件に見切りをつけているようだ。

もともとたいした出演料でもないし、これ以上問題がこじれる前に、さっさと迷惑料だけ渡して降板させてしまいたいというのが、事務所の社長の本音だった。「とにかく長引かせるな」と、出張に出る前に強く念を押された。

ただ……。

初めてオーディションを勝ち抜いた彩佳が、大きな瞳に失望の色を浮かべる様子が脳裏をよぎる。

彩佳にしてみれば、今回の件は、まさに踏んだり蹴ったりといったところに違いない。

それを納得させるのが、チーフマネージャーである私の仕事か。

「勘弁してよ」

我知らずこぼれた言葉に、美沙は一層気が滅入った。チーフへの昇進と言えば聞こえがいいが、要するに体よくトラブルの残務処理を押しつけられただけだ。

先月、「プラチナエンジェル」のメンバー内に、陰湿な苛めがあることが発覚した。

実際、そんなことは、珍しくもなんともない。美沙がタレント業をしていた頃から、繰り返し起きていた。別段、タレントやアイドルに限った話でもないだろう。学校でも、会社でも、厳しい環境に一定数の人間を放り込んでおけば、大なり小なり軋轢は必ず起きる。

問題は、メンバーたちがメッセージアプリでやりとりしていた〝ディスり〟の内容が、公に流出してしまったことだ。

〝だっさいご当地映画の出演が決まっただけで、女優気取りって超萎える〟

〝そんなことしてる暇があったら、もう少しダンスをなんとかしてくれよ〟

〝オーディションに受かったのだって、あの子がその町の出身者だったからって話だよ。田舎者が役に立っただけじゃん〟

〝最近調子乗ってるし、これからもシカト継続だね〟

苛めの標的にされたのは彩佳だ。

〝ああいう、つまんなそうなご当地映画って、地方自治体とか文化庁とかからの支援金で作られてるんだよね。ほかに使い道ないのかな〟

〝一体誰が見るんだろうね。まじ、税金の無駄遣い〟

厄介なことに、彼女たちの〝ディスり〟には、もうすぐクランクインするご当地映画への侮辱までが含まれていた。

加害者特定されているのは、「プラエン」の前列を務める中心メンバーたちだった。

主犯格は、「プラエン」のセンターで、リーダーでもある〝ルナルナ〟こと瑠奈（るな）だ。

瑠奈たちは、ダンスや歌ではいささか能力が劣る〝地味メン〟の彩佳がいち早く俳優デビューすることが、許せない様子だった。

現在、加害者メンバーに対する誹謗（ひぼう）中傷で、「プラエン」の公式ＳＮＳは手がつけられない状態になっている。

しかも、被害はそれだけでは収まらなかった。

加害者メンバーへの非難が広がる一方、最近では被害者であるはずの彩佳への反動（バックラッシュ）が起きている。瑠奈たちのファンによるものなのか、あるいは火に油を注ぎたがる愉快犯の仕業なのか、彩佳が今までどれだけメンバーの足を引っ張ってきたのかを検証するサイトが作られた。

ライブで一人だけ振付を間違えたり、歌詞を間違えたりする彩佳の映像に、これなら瑠奈たちが腹を立てるのも当たり前だというコメントがずらずらと並んでいた。

彩佳がヒロイン役に抜擢されたのは、フィルムコミッションのプロデューサーに枕営業をしたからだという、根も葉もない噂までが流れ始めた。

砂糖の在処（ありか）を見つけた蟻の大群のように、喜び勇んで不祥事に群がってくる野次馬の多さに、美沙はおぞましさを覚えずにはいられなかった。

きちんと事実確認をして、メンバーにしかるべき釈明と謝罪をさせろ——。

破廉恥な噂に巻き込まれたフィルムコミッションのプロデューサーの厳しい声音が、耳の奥に木霊する。

プロデューサーの意見は至極真っ当だ。本来ならそうするべきだし、彩佳も泣きながら同行を申し出てきた。

しかし、社長が断じてそれを許そうとしなかった。たとえ純粋な謝罪であっても、当の本人が動くことでついてくる尾ひれを避けるためだ。加えて、主犯格認定されている瑠奈は、社長のお気に入りでもあった。

社長の命令は、「とにかく長引かせるな」の一点に尽きる。

事務所にとって大切なのは、「プラエン」の名前だけで、本当はメンバーのことなどどうでもいいのだろう。

騒動が長引くなら、社長はお気に入りの瑠奈や被害者の彩佳も含め、不祥事絡みのメンバーを一掃して鎮静化を図るつもりでいるらしい。新たなメンバーになりたがる読者モデルは、いくらでもいるからだ。

この事務所の方針に、美沙はいささかの躊躇い(ためら)を覚えてしまう。

楽しげな笑顔でティーン誌の誌面を飾ったり、たまにはテレビのバラエティー番組にも出演したりと、一見華やかであっても、その実、読者モデルは報酬のよい仕事ではない。それどころか、ヘアメイクが自前のことも多く、持ち出しになることが少なくない。「プラエン」に所属できたところで、所詮はその域だ。

それでもそこにしがみつくのは、少女たちの強すぎる承認欲求の表れでしかない。

かつて散々売れないタレントをやってきた美沙には、その飢餓感に似た思いがよく分かる。

厳しい環境の中、センター取りや、握手会に呼べるファンの数で絶えず競わされている十代の少女たちが、軋轢を起こさないほうがおかしい。

その根本的な問題を正さなければ、今後も同じような問題が起き続けるだろう。

鬱々と考え込んでいた美沙は、一層強まった雨にはたと我に返った。

「ちょっと、待ってよ……」

フロントガラスにたたきつける雨の量に蒼褪める。風も相当吹いているみたいだ。

近くに台風でもきているのだろうか。

ニュースを聞こうと、美沙はカーステレオをつけた。台風情報はどこでもやっていない。助手席のトートバッグの中からスマートフォンを取り出してみれば圏外だった。

「使えないなぁ」

独り言ち、美沙はスマートフォンをトートバッグに突っ込む。

ラジオのチャンネルを変えてみたが、どの局でも、パーソナリティーが呑気に喋っているだけだ。それではこれは、山間部に特有の集中豪雨か。

ならば、時間を置けばそのうち収まるだろう。

少しだけ安堵した美沙の耳に、「親に殺される子ども」という言葉が飛び込む。美沙は思わず、生真面目そうな男性コメンテーターの声に周波数を合わせた。

先月、両親がゲームセンターで遊んでいる間、車内に放置されていた五歳の女の子が熱中症で命を落とすという痛ましい事件が起きた。後に、女の子が日常的に虐待を受けていた疑いが持ち上がり、世間を騒然とさせた。

満足に食事を与えられていなかったらしく、女の子の体重は平均より五キロも少なく、栄養失調寸前だった。

テレビでは、ニュースやワイドショーで連日この事件を報道している。

あどけない笑みを浮かべる女の子の写真と共に、何度となく映し出されるのは、茶色の髪を腰の辺りまで伸ばした、二十代の若い母親の姿だった。

短髪を金色に染めた、いかにも与太者風の父親がフードを深くかぶって顔を隠していたのに対し、この母親は、取り囲む報道陣の前でも平然と素顔をさらしていた。能面のような無表情が、あらゆるメディアで盛んに取り上げられた。

〝なんて冷酷な女だ〟〝鬼母〟〝こんな女、人間じゃない〟

インターネットでは、ありとあらゆる罵声が、若い母親に向けられていた。

〝関係者の情報によれば、この母親は既に両親を失っていますが、自身は円満な家庭で育てられたようです。どうして与えられた愛情を、自分の娘に向けることができなかったのでしょう〟

ラジオのコメンテーターも、虐待の首謀者は母親だったと言わんばかりの意見を滔々と述べている。

批判的な声を聞きながら、美沙は心に微かな引っ掛かりを覚えた。

こちらをにらむような若い母親の表情は、顔立ちが整っているだけに、確かに冷酷そうに見えた。だが、繰り返し同じ映像を眼にするうちに、美沙には、彼女がただ茫然自失しているだけのようにも思えてきた。

報道陣の前で顔を隠すことを忘れるほど、この人は抜け殻になっている。

そう考えると、自分よりずっと若い二十代の母親の能面のような無表情が、最初に見たときとは印象が違うように感じられた。

現在、虐待の首謀者が誰だったかに焦点を絞って取り調べが続けられているが、育児に関してはすべてを母親に任せていたと、父親は早くも関与を否定しているらしい。母親自身の供述は、なにも報道されていない。能面のような冷たい表情が、繰り返し映し出されるのみだ。

子どもを死に至らしめた罪は決して消えないが、こうした報道をいささか恣意的に感じるのは、自分だけなのだろうか。

無意識のうちに、美沙は眉間に深いしわを寄せた。

ふと、こうした微妙なバイアスのかかった報道の根底には、日本人に根深い〝母性〟への信仰が関与しているのかもしれないと思いつく。

〝子どもを産んでいない女は一人前じゃない〟

タレント活動をしている頃、周囲のオジサンたちから美沙はよくそう言われた。彼らにとって、母性のない女は、モラルがないのも同然だった。三十半ばをすぎても独身でいる自分の未来が見えていなかった美沙自身、当時はそんなものなのかと思っていた。

でも今は、母性という言葉に眉唾なものを感じる。

同じ加害者でも、〝母性〟に背いた母親は、父親以上に徹底的に糾弾される。しかし、それは母性信仰に裏切られたヒステリーが起こす偏見であって、真実とはまた別のもののはずだ。

今回自分が「プラチナエンジェル」のチーフマネージャーに抜擢された経緯にも、母性信仰のバイアスがかかっていたのではないかと、美沙は考えを巡らせた。

事務所が望んでいるのは、間違うべくして間違った少女たちを切り捨てることで、決してそこにはびこる宿痾を断ち切ることではない。未熟な彼女たちに引導を渡す役目を女性の自分に引き継がせたところに、母性を信仰する男社会の欺瞞が見え隠れしていると考えるのは、穿ち過ぎだろうか。

すっかり憂鬱な気分になって、美沙はカーステレオを切った。

第一、チーフマネージャーを男から女に変えたところで、事務所の方針自体はなにも変わらない。美沙が彼女たちにした指導は、それまで自分がタレント時代に男性マネージャーから言われてきたことの踏襲にすぎなかった。

プロ意識を持って行動しろ。ＳＮＳの私的利用をやめろ——。すなわち、ばれないようにしろということだ。

瑠奈の反抗的な眼差しにぶつかり、ここで舐められるわけにはいかないと、美沙は焦りを覚えた。だから、強く言ったのだ。

文句があるなら、今すぐ辞めてもらって構わない。代わりはいくらでもいる。

全員を見回しながら、美沙は駄目押しのように声を張った。

〝ただ、ここで逃げたら、あんたたち一生負け組だからね〟

途端に、事務所内が水を打ったようにしんとした。

負け組——。

それはかつて男性マネージャーからぶつけられた中で、美沙を最も傷つけた言葉だ。

〝負け組〟という響きが、承認欲求を持て余す少女たちにどれだけダメージを与えるかを、美沙は身を以って知っている。

だから、敢えて同じ言葉を使って恫喝した。

自分も男性マネージャーたちとなんら変わらない。つまるところ、いくらでも代わりがいる少女たち同様、〝母性マジック〟を押しつけられた美沙もまた、都合よく利用されているだけなのだ。

でも、仕方がない。それが、昔から変わらない現実なのだから。

〝大人〟として、求められる役割を今後も務めるしかないだろう。

一層道が狭くなり、美沙は内心肝を冷やしながらカーブを曲がった。

鬱蒼と生い茂る木々は、ところどころ、葛の葉にすっぽり覆われていた。こういう人の手が入っていない山奥に、握手会の参加権を得るためだけに購入された大量のCDが投棄されているという話をよく聞く。

ファンたちが大金を使うのは、〝推し〟であるアイドルのためだけではない。握手会等のイベントに集まるファンにはファンのヒエラルキーがあり、そこで認められたくて、借金をしてまで大枚をはたく場合が少なくないらしい。

アイドルビジネスが利用しているのは、少女たちだけではなく、〝陰キャ〟として埋もれている地味な男たちの承認欲求でもあるということだ。

なんとも、世知辛いこと――。

捨て鉢な心持ちでカーブを曲がり切り、美沙はハッと息を呑んだ。

眼の前の道が、倒木でふさがれている。

「嘘でしょう……」

倒木の前で車を停止させ、パーキングブレーキを引いて途方に暮れた。雨は少しも弱まる気配がない。電話をかけようにも圏外だし、こんなに狭い道ではUターンすることもできない。

さっさと東京に帰りたいのに――。

焦って周囲を見回せば、ちょうど倒木を迂回するような形で細い道が一本だけ延びているのに気がついた。ナビには表示されていない道だ。林道だろうか、私道だろうか。

どちらにせよ、この道をいくしかないと、美沙はパーキングブレーキを外す。

脇道は細いわりに走りやすかった。しかし、一体どこへ着くのだろう。

妙に走り心地のよい道を走っているうちに、美沙は本当に自分がどこを走っているのか分からなくなってきた。雨風はますます強まり、いつしか辺りは漆黒の闇に包まれている。

このまま迷子になってしまったら……。

胸元に、嫌な汗がじわりとにじむ。

そのとき、前方にぼんやりと明かりが見え、美沙は強張っていた肩から力を抜いた。

助かった。

やはりこの道は、私道だったのだ。近づくと、どうやらそこはホテルかペンションのようだった。ライトに照らされた城壁のような石の壁に、「山亭」という看板が浮かび上がる。

山亭——。山のあずまやか。

ここでお茶でも飲んで、大通りに出られる道を教えてもらおう。

美沙は大きくステアリングを切って、駐車場らしい広場に車を停めた。

車から出た途端、たたきつけるような暴風雨に見舞われる。たった数十メートルの距離なのに、山亭の玄関にたどり着いたときには、髪から水が滴るほどびしょ濡れになっていた。

美沙は両腕を抱きながら、ロビーに足を踏み入れた。こんな人里離れた山奥にあるのに、山亭はなかなか瀟洒なつくりだ。絨毯が敷き詰められたロビーの中央では、年代物の大きな柱時計が、かちりこちりと正確に時を刻んでいる。

「いらっしゃいませ」

声をかけられハッとする。

フロントに、肉づきのいい若い女性が座っていた。白地に黒と褐色を散らしたプリント柄のワンピースはあまりホテルの従業員らしくないが、彼女がフロントスタッフのようだ。

「あの、実はちょっと、道に迷ってしまって」

美沙は国道に倒木があったことや、東京方面に向かいたいことなどを手短に伝えた。

ワンピースを着たフロントスタッフは真剣な表情で、じっと美沙の説明に聞き入っている。

「それで、東京方面に向かうには……」

最初は随分熱心に聞いてくれていると感心していたが、話しているうちに、美沙は段々不可解な気分になってきた。

微かに首を傾げ、女性は大きな瞳でまじまじとこちらを見つめている。しかしその瞳はなんだか硝子玉じみていて、実のところ、ただきょとんとしているだけのようにも思えるのだ。

しかもすべてを聞き終えると、あろうことか、女性はふいとそっぽを向いた。

泊まり客でないからとはいえ、この態度はあまりに失礼ではないか。

「ちょっと……！」

美沙が眉を吊り上げかけたとき、背後から声がした。

「お客さま」

よく響くテノールの声だった。

「残念ですが、ここから東京方面へ向かうには、国道を通るほかに方法がございません」

振り向き、思わず眼を見張る。

長い髪を胸元まで垂らした美しい男が、静かに近づいてきていた。

艶やかな黒髪、透き通るような白い肌。片方の耳につけられた金色のピアス。

まがりなりにも芸能界で仕事をしている美沙は美男美女には免疫があるが、こんな山奥に、これほどの逸材がいるとは思わなかった。

「オーナー」

フロントの女性がうっとりと頬を染める。

「先ほど私どものほうにも、地方整備局から倒木の知らせが入りました。復旧までに、しばらく時間がかかるようです」

オーナーと呼ばれた男性が軽く会釈した。絹糸のような黒髪がさらさらと肩を流れる。

「もしよろしければ、ここで一晩休んでいかれてはいかがでしょう。時間も遅いですし。週末ですが、本日は運よく一部屋だけ空きがございます」

男の美貌に見惚れていた美沙は、よどみのない口上に却って警戒心を覚えた。

随分と商売がうまいものだ。

「いえ、それでは、お電話だけお借りして……」

そう言いかけた瞬間、柱時計の針が指している文字盤が眼に入りぎょっとする。一体いつの間にこんなに時間が経ったのだろう。既に深夜に近い時刻になっていた。

「多少のサービスはさせていただきます」

オーナーがじっとこちらを見つめてくる。切れ長の眼が、きらりと光った気がした。

「車中泊はやめたほうがいいですよぉ。この辺りは熊が出るんですよぉ。熊がぁ」

フロントの女性も、甘ったるい声で脅してくる。

「結構です」

意地を張って拒絶したものの、美沙は急に寒気を覚えた。

雨に濡れたシャツが肌に張りつき、身体ががくがくと震え出す。山の中のせいか、底冷えがした。ずっと残暑続きだったせいで、コートも持ってきていない。

「震えていらっしゃる。どうぞ、こちらへ」

オーナーが細い指先で手招きする。

その奥に赤々と燃える暖炉を認め、美沙はついに白旗を上げることにした。

外はまだ雨風が強いらしく、暖炉の上の天窓がガタガタと鳴っている。こんな悪天候の深夜に、行く手が塞がれているにもかかわらず、一人で車に戻るのはさすがに無謀だ。それに、雨に打たれた身体がすっかり冷え切ってしまったらしく、震えがとまらなかった。南部とはいえ、ここは東北だ。東京とは寒暖の差が比較にならない。

オーナーに招かれ、美沙は暖炉の傍のソファに腰を下ろした。その途端、どっと疲労感が押し寄せた。

「当山亭の薪は、よく乾いた林檎の木を使っております。さあ、もっと火の近くへ。身体も温まりますし、林檎の香りを感じていただけるはずです」

ぱちぱちと音を立てて燃える暖炉からは、オーナーの言葉通り、微かに甘い林檎の香りが漂ってくる。温かな炎を眺めるうち、美沙はようやく人心地がつくのを感じた。すっぽりと包み込んでくれるようなソファの座り心地も悪くない。

暖炉の火にあたりながら、美沙は宿泊手続きを頼むことにした。

オーナーの指示で、フロントの女性が温かいココアをサービスしてくれた。やっぱりきょとんとした眼つきをしていて、これは他意のある表情ではなく、もともとの顔立ちなのだと美沙は納得した。女性は腕もお腹も丸々と太っているが、肌には張りがあり若々しい。

対して暖炉の火を調節しているオーナーは、年齢がよく分からない。

切れ長の眼は黒曜石の如く黒々と輝き、鼻梁は細く、薄い唇の形も美しい。見れば見るほど、怖いくらいの美貌だ。真珠色に輝く肌は曇りがなく、髪も豊かで艶やかだ。

それなのに、どこか老成した雰囲気を漂わせている。

もしかして、整形――？

美沙は意地悪く視線を走らせたが、光る眼差しで見返されて息を詰めた。

「台風が過ぎるまで、ゆっくりなさっていってください」

「はあ……」

そもそも台風なんて、本当にきていたのだろうか。

どのラジオ局でも台風情報は流れていなかった。頭の片隅で不審に感じたが、冷えた身体に温かなココアを入れたせいか、美沙は段々ぼんやりとしてきた。

まだ少年のような面差しの茶髪のボーイに荷物を運んでもらい、美沙は朦朧としながら階段を上る。思えば、今朝からずっと神経が張り詰めていた。

仕事では相手先に手厳しく拒絶され、悪天候の中、一人で延々山道を運転し、おまけに倒木に行く手を塞がれたのだ。消耗しないほうがおかしい。

角部屋の扉をあけると、窓際に豪華な天蓋つきのベッドが置かれていた。もう美沙の眼には、寝心地のよさそうなベッドしか映らなかった。

ボーイが部屋を出るなり、美沙は濡れた服を脱ぎ捨てて、早々にベッドの中にもぐりこんだ。

眼が覚めると、頭上を覆う天蓋が眼に入った。

一瞬、自分がどこにいるのか分からなくなり、美沙は眼を瞬かせる。

そうだ……。昨日、倒木に道を塞がれて、一夜の宿を求めたんだっけ。

徐々にはっきりしてくる意識の中で、昨夜の顚末を思い出した。ベッドの上で身を起こせば、まだ頭がぼんやりしている。かなり眠ったはずなのに、疲れが取れていない。

美沙はベッドを降りて、萌黄色のカーテンをあけてみた。雨や風はやんでいたが、周囲は深い霧に覆われている。

「えっ」

サイドテーブルに置いた腕時計を手に取り、小さく声をあげた。もう正午近い。本来ならチェックアウトの時刻だろう。

慌てて服を着ようとしたが、床に脱ぎ捨てたそれは、まだ冷たく湿っていた。どうしようかと悩んでいると、サイドテーブルの上に、フロントスタッフが着ていたのと同じ、白地に黒と褐色の模様を散らしたワンピースが置いてあることに気づく。昨夜、ボーイが用意してくれたのだろう。

とりあえずワンピースを着て身支度をすると、美沙は部屋を出てフロントへ降りていった。

「おはようございますぅ」

昨日と同じようにフロントデスクに座った女性が、やっぱりきょとんとした表情で声をかけてくる。

「ごめんなさい、寝過ごしてしまって……」

「いえいえ、朝食の用意ができてますよぉ」

すぐにチェックアウトの手続きをしようと思っていたのに、女性はロビーの奥のダイニングを指し示した。

「まだ、いいんですか」

朝というより、もう昼の時間なのだが。

「いいですともぉ。パンガーの朝食は美味しいですよぉ。食べない手はないですよぉ。フルブレックファーストですよぉ」

丸々とした頰に笑みを浮かべ、女性が身を乗り出して勧めてくる。パンガーというのは、レストランの名前だろうか。

食事の間に服を乾かしてもらえないかとお願いすると、大きな眼を三日月形にしならせて快諾してくれた。

「でも、その服もなかなかお似合いですねぇ」

自分とそろいのワンピースを指さし、女性は肉づきのいい背中を丸めてくっくと笑う。悪気はないのかもしれないが、あまり感じのよい笑い方ではなかった。

またしても女性に嫌悪感を抱いてしまいそうになり、美沙は急いでその場を後にした。ホテルの従業員にしては、彼女は癖が強すぎる。

ダイニングに入れば、ほかの宿泊客たちはとっくに朝食を終わらせているらしく、誰もテーブルについていなかった。白いクロスのかかったテーブルには、硝子のコップに活けた野紺菊が飾られている。

青紫色の花弁の素朴な美しさに眼をとめていると、ジャーッという音と共に、ガーリックをバターで炒める香ばしい匂いが漂ってきた。一気に食欲をそそられる。そう言えば、昨夜は夕飯も食べずに寝てしまったのだ。

期待を込めてオープンキッチンを見やれば、バンダナで真っ白な長い髪をまとめた長身のシェフがフライパンを振るっている。どうやらベテランのシェフのようだ。

料理を待ちながら、美沙は窓の向こうに眼をやった。白樺や楢の木立に、深い霧が立ち込めている。こんな調子では、今日も車の運転はできないのではないだろうか。

半ば不安になっていると、突如眼の前に大皿を差し出された。

かりかりにソテーされたベーコンと目玉焼き、大きなマッシュルームのガーリックバターソテー、紫キャベツとナッツのサラダ――。

色鮮やかな料理がたっぷりと盛りつけられたプレートに、美沙は思わず感嘆の声を漏らした。

「わぁ……」

サーブしてくれているシェフを見返し、眼を見張る。真っ白な髪から初老の男性だとばかり思っていたが、グラスに薔薇(ばら)色のジュースを注いでくれているのは、大柄な西洋人の青年だった。

「クランベリージュース」

遥(はる)かに見上げるほど背の高い青年は、両の瞳の色が違っていた。片方が薄い水色で、もう片方は光の加減では金色にも見える褐色だった。

金色に輝く瞳孔(どうこう)に見下ろされ、身動きが取れなくなる。

「アンド　ボクスティ」

聞きなれない単語を発しながら青年シェフがテーブルに置いたのは、パンケーキのような一皿だった。

「エンジョイ」

そう言い残し、青年シェフは踵(きびす)を返す。音もなく去っていく大きな後ろ姿を見送りながら、美沙はなんだか茫然としてしまう。

年齢不詳の美貌のオーナーといい、妙に人を食ったところのある小太りのフロントスタッフといい、白髪でオッドアイのシェフといい、この山亭のスタッフは、そろいもそろって浮世離れしている。なんだか異界にでも紛れ込んだような不可思議な気分に囚われそうになるが、突き上げてくる空腹感が、美沙を現実に立ち戻らせた。

湯気を立てているパンケーキにナイフを入れる。一切れ含むと、口一杯にバターミルクのうまみが広がった。もっちりと弾力のある食感は、普通のパンケーキとはまったく違う。

いつしか美沙は、夢中で料理を口に運んでいた。

ナッツがアクセントになった紫キャベツのサラダは瑞々しく、肉厚なマッシュルームのガーリックバターソテーも食べ応えがある。

こんなに美味しい朝食を口にするのは久しぶりだ。ちょっと怪しい感じがしていたけれど、もしかしたら自分は、大当たりの宿を見つけたのではないだろうか。

偶然とはいえ、美沙はなんだか幸運に恵まれた気分になってきた。

深夜にずぶ濡れでやってきた自分を受け入れ、チェックアウトの時間が過ぎていてもこうして食事をさせてくれる彼らは、随分と親切だ。独特すぎる振る舞いに、つい危ぶんでしまったが、感謝こそすれ、警戒する必要はないだろう。

美味しい料理をすっかり平らげると、美沙は久々に満ち足りた心地でロビーに戻ってきた。

フロントデスクに女性の姿はなく、山のひんやりした空気をたたえたロビーの奥では、今日も赤々と暖炉の火が燃えている。暖炉の前で、茶髪のボーイがなにかしていた。

ボーイが自分の湿った服を暖炉の火にかざしていることに気づき、美沙は急に恥ずかしくなる。乾かしてほしいとは頼んだけれど、まさか暖炉の火を使うとは思わなかった。

「ごめんなさい。自分でやります」

ボーイの手からシャツを奪い、美沙は自分でハンガーにかける。

「いいっすよ。これも仕事ですから」

ボーイは気さくに返してくるが、乾燥機を使うならともかく、まだ少年のような若い男性に脱ぎ捨てた服を広げられるのには抵抗があった。

美沙がシャツをハンガーにかける様子を、ボーイはじっと見つめている。眼が合うと、「へへへっ」と人懐っこい笑みを浮かべられた。

「朝食はいかがだったっすか」

「すごく美味しかった」

「ですよね。パンガーさんの料理は最高っすよね」

茶髪のボーイが満面の笑みで親指を立てる。

浮世離れしているほかのスタッフに比べ、このボーイは随分庶民的だ。接客業に従事する者としては、態度や言葉遣いが軽すぎるきらいはあるが、十代だとしたら仕方がないか。

「パンガーさん？」

「料理長の名前ですよ」

それに、このボーイとは話しやすい。

「ボクスティってなに？　普通のパンケーキとは全然違ったけど」

ついでに美沙は料理についても尋ねてみた。

「ああ、ボクスティはポテトパンケーキっすよ。茹でたジャガイモをつぶして、バターミルクをたっぷり加えて、小麦粉と混ぜて焼くんです。パンガーさんのお国の朝食の定番っす」

「パンガーさんはどこの国の方なの？」

「アイルランドっす」

「アイルランド……」

緑豊かな草原のイメージが、美沙の心に浮かんだ。もちっとした食べ応えのあるパンケーキの美味しさの秘密は、マッシュしたジャガイモを練り込んだ生地にあったらしい。

「ボクスティ、まじ美味いっすよねぇ。ベーコンの脂を引いたフライパンでじっくり焼いてぇ……。うわぁ、食いたくなってきた」

ボーイが口の周りをぺろぺろと舐め回す。愛嬌のある様子に、美沙は可笑しくなった。

「あなたはここでアルバイトをしてるの？」

「バイトっていうか……、まあ、修業みたいなもんすね」

「修業」

ボーイが真面目腐って答えた言葉を、美沙は思わず繰り返した。

「なんの修業なの？」

「それを一口で説明するのは難しいっすね」

もっともらしく、ボーイは腕を組む。

曰く、オーナーをはじめ、ここにいる全員は、それぞれ目的があってここで働いているのだそうだ。しかも、その修業が終わるまで、山を下りることができないらしい。

「結構、厳しいんだね」

「ま、その分、鍛えられますから」

そういった実地研修を盛り込んだ宿なのだろうか。最近、地方では町興しを含めて、いろいろなビジネスモデルが試されている。この山亭も、そうした新しい試みを以って運営されているのかもしれない。

　今はそういう経営のほうが、地方では行政の支援も得られるしね――。

　美沙がそんなことを考えていると、ふいにボーイが声を潜めた。

「目的を前にすると、ある日、突然、目覚めるんですよ。……いや、呼ばれるって言ったほうがいいのかな」

「呼ばれる？　なにに？」

「山にです」

　急にボーイの話の先が読めなくなる。

「……って言うか、誰か一人が強い力に目覚めると、同じ目的を持った〝我々〟にそれが伝わるんすね。要するに、僕は、山とオーナーの両方に呼ばれたってわけっす。一度呼ばれていることに気づいたら、それを無視することなんてできません。そこで修業を積んで、目的を果たさずにはいられなくなるんです」

　流行(はや)りの漫画かアニメの比喩(ひゆ)だろうか。

「目覚めた僕らは基本的に全能ですが、最初からすべてを意のままにできるわけではないっすからね。色々と、手順が必要となるんです」

「それって、一体……」

　突如芝居じみてきたボーイの話に美沙が戸惑っていると、ロビーの突き当たりの部屋から音もなくオーナーが現れた。

「おはようございます」

水の上を滑るような足取りで、オーナーが近づいてくる。

昼の明かりの中で見ても、見事なまでの美貌だ。ただしその表情は、薄氷が貼りついているかの如く冷たい。

「すみません。寝過ごしたのに、朝食まで作っていただいて」

美沙が会釈すると、オーナーは静かに首を横に振る。長い黒髪の間から、片耳の金色のピアスがちかりと光った。

「先ほど、地方整備局から連絡が入りましたが、国道の倒木の撤去には、まだ数時間を要するようです。よろしければ、レイトチェックアウトも可能ですが」

オーナーの言葉を、美沙は昨夜のように眉唾ものには感じなかった。どの道、服は乾いていないし、表はまだ霧が出ているし、この際ゆっくりしていこうと考える。

この宿のスタッフは、オーナーを含めて少し風変わりだけれど、決して悪い人たちではなさそうだ。

「そうさせてください」

美沙が素直に応じると、茶髪のボーイが「うえーい」と嬉しそうに叫び、オーナーに鋭い眼差しでにらまれた。確かにこの人の下で働けばいろいろと鍛えられそうだと、美沙は同情しそうになったが、茶髪のボーイは何食わぬ様子で、拳で顔をごしごしとこすっている。

「お客さま」

ボーイの妙な仕草を眺めていると、オーナーが急に優しげな声を出した。

「せっかくですから、少し宿の周辺を散策なされてはいかがでしょうか。この近くには、美しい湖もございますよ」

「湖……」

玄関の向こうは、薄日が差している。霧も幾分晴れてきたようだ。

「散策の後、アイリッシュティーをご用意いたします」

オーナーの魅力的な提案に従って、美沙は外へ出てみることにした。

少し肌寒かったが、雨上がりの澄んだ空気は爽やかで気持ちがいい。辺りにはハーブのような香草の匂いが立ち込めている。エントランスから続く坂を下りて振り返れば、山亭は針葉樹の森を背景に一軒だけぽつんとたたずんでいた。

蔦の這う白い壁に、スレート瓦の黒い屋根。

山亭――山のあずまや――を名乗ってはいるが、よくある山小屋風ではなく、荘園領主の古い邸宅のようだ。

周囲は鬱蒼と木々が生い茂るだけで、なにもない。嵐の中、自分がここにたどり着けたのは僥倖（ぎょうこう）だったと、改めて思わずにはいられなかった。

白樺がぽつぽつと立つ林の中を歩いていくと、やがて木立の間に青く光る湖が現れた。野紺菊の花弁を思わせるような濃い青色に、しばし眼を奪われる。

それほど大きな湖ではなかったが、周囲には遊歩道が敷かれて一周できるようになっていた。薄日を受けて淡く輝く湖を眺めながら、遊歩道をぶらぶらと歩く。湖の向こうの山の中腹からは、いくつもの雲が湧いていた。

それにしても、なんて青いのだろう。澄んだ水の底に沈む石は、すべてサファイアのように見える。その石の上を、透明な小魚の群れがいったりきたりしている。

湖を一番広く見渡せる場所に、ベンチが置かれていた。まだ少し濡れていたが、水滴を手でぬぐい、美沙は腰を下ろした。

青く静かな湖と、雲がたなびく針葉樹の森。

神秘的な光景が、眼の前に広がる。美沙は深く息を吸って伸びをした。こんなにのんびりとできるのは、いつ以来だろう。

でも……。

今日の夕刻には東京に戻らなければならない。そして、すぐに後始末の段取りだ。

迷惑料は受け取ってもらえなかったけれど、直前の降板となれば、正式に多額の違約金が発生するだろうか。それとも、慣習的にうやむやになるだろうか。

どの道、社長はメンバーに直接謝罪や釈明をさせるつもりは毛頭ないだろう。

せっかく美しい景色を前にしているのに、美沙の胸は段々重くなる。

謝罪も釈明もなしに降板するとなれば、生真面目なところのある彩佳は平静ではいられないだろう。ほとぼりが冷めれば、瑠奈はまた「プラエン」のセンターに立つかもしれないが、彩佳はきっと戻ってこられない。

惜しいな――。

率直な思いが胸をかすめる。順調に俳優デビューできていれば、伸び代があるのは、むしろ彩佳ではないかと美沙には思える。

せっかくの才能が、大人たちの算段の陰で無駄に潰えてしまう。

だが、もともとこの世界は才能だけでは渡っていけない。芸能界で生き残るには、才能以上に、ある種の図太さとしぶとさが求められる。

瑠奈がどういう意味で社長のお気に入りなのか、美沙はあまり深く考えないようにしている。考えたところで、仕方がないからだ。瑠奈から助けを求められない限り、深入りはできない。瑠奈がそれを望んでいる場合だってあり得る。

そういう猥雑な不文律から眼を背け続けてきたから、美沙自身はタレントとして大成できなかったともいえる。もちろん、そんなこととは無関係に、健全に伸びていく子アイドルやタレントだって大勢いるが、権力を持つオジサンたちにすり寄っていく子が特別扱いされることもまた、動かしがたい事実だった。

〝減るもんじゃないだろう〟

タレント時代の美沙も、スポンサーやプロデューサーからそんな風に言われることがたびたびあった。特に海外ロケなどで出張期間が長くなると、危険度は高くなる。家庭から離れたオジサンたちが、解放的な気分になるせいだ。

彼らは酔っぱらうと、平気で美沙の身体に手を伸ばそうとした。

〝やめてくださいよぉ〟〝さすがにまずいですってぇ〟

美沙はへらへらと笑いながらそれを躱(かわ)してきたが、心の中は、これ以上本気でかかってこられたらどうしようかと怯(おび)える気持ちで一杯だった。ようやく一人の部屋に逃げ込んだ後も、もう二度と海外には連れてきてもらえないだろうとか、今後割のいい仕事は回ってこないだろうとか、悶々(もんもん)と悩み続けた。

最後の一線さえ越えなければ、身体を触られるくらいは致し方がないと割り切ったこともある。〝減るもんじゃない〟からだ。

そうした事実を知りつつ、それでも自分がこの世界に戻ってきたのは、一般企業もまた似たような環境だと気づいたからだった。

子どもを産んでいない女と、宴席で酌をしない女は、なぜだか似たような俎上(そじょう)に載せられて陰でも表でも散々にたたかれる。酔いを口実に身体を触ろうとするオヤジたちも後を絶たない。

ならば、つまらないルーティンワークに身を費やすよりは、一度は夢見た芸能界で、今度はマネージメントという立場から一花咲かせてみたいと考えた。それくらいの野心は自分にだってある。給料も、多少の上乗せが提示されたし――。

しかし、その結果が、これか。

美沙はいつしか重い溜め息をついていた。

なにを目指して芸能界に戻ってきたのか、よく分からなくなっていた。売れないタレント経験のある自分なら、やれることがあるのではないかと思っていたのだが。

結局、美沙自身のちっぽけな経験や理想など、芸能界に昔から根づいている慣習の前ではひとたまりもない。

それに、根本的な解決を図らずに慣習に従うことは、芸能界に限った話ではないだろう。

だから、自分もこのまま流されてしまえばいい。そのほうが、抗うよりもずっと楽だから。

もう、いい。

これ以上考えたところで、仕方がない。

所詮世間は、こんなもの。

女に求められるのは母性と、その母性と表裏一体の処女性だけだ。表向きには恋愛禁止のアイドルなんて、それこそ体のいい処女性の贄だ。

美沙は小さく首を振り、憂鬱な思いを振り払った。

せっかくこんなに美しい場所にいるのだ。せめて今だけは、煩わしいことを考えるのはやめにしよう。

ベンチにもたれ、美沙は青い湖を見つめた。ひんやりとした空気が頬を撫でていく。貸し出されたワンピースは、意外に保温性があるらしく、それほど寒いとは感じなかった。

ふと湖から視線をそらし、ハッとする。

ベンチのすぐそばの草むらに、五歳くらいの小さな女の子が座っていた。

なぜ幼い女の子が、たった一人でこんなところにいるのだろう。辺りを見回したが、保護者と思われる人は誰もいない。加えて、この季節にしては女の子がかなり薄着でいることも、気にかかった。

「ねえ、一人でどうしたの？」

できるだけ驚かさないように、視線を低くして問いかけてみる。

「一人じゃないよ。お母さん、待ってるの」

女の子は美沙を見上げると、屈託のない笑みを浮かべた。明るい表情に、美沙は幾分安心する。もしかしたらこの子も、山亭の客なのかもしれない。

そう言えば、オーナーからは「運よく一部屋だけ空きがある」と告げられたが、これまで他の客の姿を見かけていなかった。

「お母さんと一緒にきたの？」

女の子は元気よく頷く。

「前にもきたよ」

「前？」

「ここ、お母さん、好きなの」

「そっかぁ、綺麗なところだもんね」

話を合わせれば、女の子は嬉しそうに笑った。

「ねえ、寒くないの？」

女の子はひらひらとしたフリルのついたシャツに、オーバーオールしか着ていない。どうしても気になって確認すると、首を横に振られた。

「ずっと暑かったの」

「そうか、確かに暑かったよね」

女の子の言葉に、美沙もまた季節外れの残暑を思う。まだ小学校に上がる前のようだが、とてもしっかりしている。まったく人見知りをしない様子にも、美沙は感心した。

「お母さん、戻ってこないね」

「ううん、くるよ」

女の子は自信たっぷりに応えるが、辺りに人の気配はない。ひょっとするとこの子は、勝手に山亭を抜け出してきたのではないだろうか。

しっかりしている子のほうが、意外に大胆な行動に出たりするものだ。今頃母親が、心配して捜し回っているかもしれない。

「ねえ、一緒にお宿に帰ろうか」

声をかけてみたが、女の子は夢中でシロツメクサを摘んでいる。あまり楽しそうにしているので、興をそぐのも可哀そうな気がしてきた。

「あのね、これ、冠。お母さんにお花の冠、作ってあげるの」

女の子がシロツメクサを差し出してくる。ずっと暑い日が続いていたせいか、シロツメクサはまだ白い丸い花をたくさん咲かせていた。子どもの頃、美沙も野原で母と一緒にシロツメクサを編んだことがあった。

このくらいの時期の女の子って、誰でも人生で一番大事にされる気がする……。

両親に護(まも)られていた幼少期を、美沙は懐かしく思い出した。

「ね、手伝って。お母さんの冠」

「いいよ」

　いつしか美沙も童心に返って、女の子と一緒にシロツメクサを編み始めた。

　ふと、もし大学時代につき合っていた恋人と結婚していたら、今頃はこんな女の子の母親になっていたかもしれないと思いつく。だが当時美沙はまだタレント活動に見切りをつけられず、結婚のことなど到底考えられなかった。そうこうしているうちに恋人は去り、一般企業に就職をしてからも恋愛をする余裕はなく、気がつけば三十半ばを過ぎていた。

　学校で勉強を頑張れば手放しで誉めてもらえたのに、社会に出て仕事を頑張っても、両親はそれほど喜んでくれなくなった。

　そんなことより、もっと大事なことがあるでしょう——。

　三十歳になるまではたびたび聞かされた母からの小言も、今ではあきらめ半分の沈黙の裏に封じ込められている。子どもを産んでいない女は一人前ではないと考えているのは、決して世間のオジサンたちだけではない。

　このまま結婚することがなければ、自分は両親に孫の顔を見せることができない。それはやっぱり、とても親不孝なことなのだろう。

　女の子と遊びながら、未だに結婚も出産も現実的に考えられない己を、美沙は心のどこかで密かに罰していた。

「お花の冠、お姉ちゃんにもあげる」

二人で編み上げたシロツメクサの冠を、女の子がかぶせてくれる。

「ありがとう」

あどけない顔を間近に見ながら、ふいに美沙は、この子をどこかで見たことがある気がした。

そうだ。自分はこの子を知っている。何度も見たことがあった。

そのときも、これくらいの年齢の女の子は、誰でも人生で一番大切にされるはずなのにと、思ったはずだ。

そう考えた瞬間、なぜか胸の奥底から急激な痛みが込み上げた。

この痛みは、なに――？

生真面目なコメンテーターの声が、遠くから聞こえる。だがその音声は、ぶつぶつと途切れてなにを言っているのかよく分からない。

どうして与えられた愛情を…… 自分の娘に向けることが……

つい最近、聞いた気がするのに、話の骨子がつかめない。

無理に考えようとすると、突然目蓋が重くなった。抗おうとすればするほど、恐ろしいほどの眠気に取り込まれそうになる。美沙はなんとかして目蓋を閉じまいと頑張ったが、眼の前の青い湖の中にすうっと意識が吸われたようになった。

ハッと我に返り、身震いする。

ベンチにもたれてうたた寝をしていたらしく、体温が下がっていた。

あの子は――？

慌てて辺りを見回すと、周囲には誰もいない。一瞬、夢だったのかと思ったが、美沙の膝の上には、女の子と一緒に編んだシロツメクサの冠が載っていた。まさか水に落ちたりしていないだろうかと心配になったが、青く澄んだ湖はどこまでも静かだった。もしかしたら、母親が迎えにきたのかもしれない。

そう考えると、誰かに手を引かれた女の子が自分に向かって手を振るのを見たような気がしてきた。

いくらなんでもぼんやりしすぎだと、美沙はいささか自分にあきれながら立ち上がった。女の子からもらった花冠を手に、遊歩道を歩き出す。霧も晴れてきたし、そろそろ服も乾いただろう。国道の倒木さえ撤去されていれば、束の間の逃避行もこれでおしまいだ。

微かに残念な気持ちに襲われながら、美沙は山亭に戻ってきた。

ロビーに入った途端、大きな柱時計がちょうど時を告げた。

ボーン　ボーン　ボーン　ボーン

重い音が四つ鳴る。文字盤の下の小さな扉がおもむろに開き、時計の内部からなにかが出てきた。

金色の皿の上に載り、くるくると踊っているのは長靴をはいた猫だ。

猫のからくり時計とは珍しい。美沙が踊る猫を見つめていると、ふいに背後から澄んだテノールの声が響いた。

「湖はいかがでしたか」

虚を衝かれたようになり、美沙は手にしていた花冠を落としてしまう。

長い黒髪を耳にかけ、オーナーが屈んでそれを拾い上げた。花冠を手渡されながら、美沙は一つのことに気づく。そういう訓練を受けているのかもしれないが、この山亭のスタッフは、全員足音をたてないのだ。まるで煙のように、無音で背後に近づいてくる。

「とても、綺麗でした」

美沙はシロツメクサの花冠に眼をやった。

「それに、可愛い女の子にも会いました」

何気なく伝えれば、オーナーの形のよい眉がぴくりと動く。

「その子は、湖にいましたか」

「ええ。湖のほとりにあるベンチの近くに」

　やはり母親が捜していたのだろうと思いながら見返すと、徹底して冷たかったオーナーの顔に、わずかに感情めいたものが浮かんでいた。

「これ、その子と一緒に作ったんです」

　花冠を差し出し、美沙は驚く。

　ほんの一瞬ではあったが、オーナーが微かに笑ってみせたのだ。端整な顔に貼りついている氷が、その瞬間だけ柔らかく溶け落ちた。

「やっぱり、ここのお客さんだったんですね」

　しかし続けてそう尋ねると、あっという間に元の冷たい表情に戻ってしまう。

「ほかのお客さまのことは、プライバシーにかかわりますので」

　もう、取りつく島もなかった。

　気まずい沈黙の中、金の皿の上で踊っていた猫が、小さな金属音をたてて時計の内部に戻っていく。先のとがった長靴をはいた猫の姿が見えなくなると文字盤の下の扉が閉じて、柱時計はまた、かちりこちりと正確に時を刻み始めた。

「……倒木は、もう撤去されたんでしょうか」

　美沙は肝心なことを口にする。

「はい、国道はもう使えるようです」

　オーナーが鷹揚(おうよう)に頷いた。

「お茶の用意をさせますので、チェックアウトのご準備をどうぞ」

その言葉に、心のどこかでがっかりしている自分に気づく。だが道が開通した以上、いつまでも非日常に浸っているわけにはいかなかった。

部屋に戻れば、ベッドの上に乾いた服が置かれていた。手早く着替えて、荷物をまとめる。女の子がくれた花冠もトートバッグの中に入れた。

階段を下りていくと、甘い匂いが鼻腔をくすぐった。暖炉の前のテーブルに、茶髪のボーイがお茶を用意してくれていた。

「パンガーさん特製のアップルタルトっす」

ボーイが朗らかな声をあげる。テーブルには、キルトのティーコージーを被せたポットのほかに、美味しそうなタルトが載っていた。

「アイルランドのアップルタルトは、熱々のカスタードソースをかけて食べるのが鉄則なんすよ」

美沙の眼の前で、ボーイはタルトにカスタードソースをたっぷりとかけてみせる。甘い匂いの正体は、どうやらこのソースのようだ。

「さあ、どうぞ」

ボーイに促され、美沙は熱いカスタードソースのかかったタルトを一口食べてみた。酸味の強い林檎のフィリングと甘いソースが口の中で絡み合う。唾液腺が刺激されて、あごのつけ根がきゅうっと痛くなった。タルトの生地もサクサクで、バターの香りがふわりと鼻を抜けていく。

「美味しい……」

思わず呟けば、「それはよかった」と、オーナーが声をかけてきた。

「どうぞ、ごゆっくりお召し上がりください」

「本当に、いろいろとありがとうございました」

多少慇懃無礼のきらいはあるが、やはりよい宿に巡り合えたと、美沙は素直に頭を下げる。渋みの強いアイリッシュティーは、甘酸っぱいアップルタルトによく合った。

暖炉の前のソファでお茶を飲んでいると、美沙はやっぱり名残惜しいような気分に駆られた。

「あの」

ふと思いつき、美沙はロビーの中央の柱時計を指さしてみる。

「あそこにあるからくり時計のモチーフって、『長靴をはいた猫』ですよね」

「よくご存じで」

オーナーが長い髪を揺らして頷いた。

フランスの詩人ペローが蒐集した童話『長靴をはいた猫』は、子どもの頃、絵本で読んだことがある。貧しい粉屋の三兄弟が財産分けをし、長男が粉引き小屋を、次男がロバを、三男が猫をもらい受けることになる。猫などなんの役にも立たないと、二人の兄は末の弟を笑ったが、「そう捨てたものではありませんよ」と、当の猫が三男を慰める。

そして、猫は長靴と袋をねだり、その見返りとして、あらゆる機知と機転を用いて三男を侯爵に仕立て上げ、最後には本当に大金持ちへと導く話だ。

長靴をはき、腰に剣を差し、羽根のついた幅広帽子をかぶった猫が、なんだかとても凜々(りり)しかったのを覚えている。

「なぜ猫が三男に長靴をねだったのか、分かりますか」

オーナーの問いかけに、美沙は首を横に振った。

「袋」には、王さまへの贈り物を包装するという物語上の必然性があったが、なぜ猫が「長靴」を欲しがったのかは曖昧(あいまい)だった気がする。

「当時のヨーロッパには服装に厳密な制限があり、長靴は高貴な階級しかはくことを許されなかったのです。つまり……」

オーナーが光る眼で美沙を見た。

「三男が自分にそれだけの価値を見出(みいだ)せるかどうか、猫は試したのです」

暖炉の薪がぱちりとはぜ、美沙はどきりとする。

「……面白い解釈ですね」

『長靴をはいた猫』を、猫が人を試す話だと考えたことはなかった。

「『長靴をはいた猫』に類する話は、ヨーロッパ全土にたくさんあります。ヨーロッパ以外でも、アフリカやインドに、よく似た話があるようです。ペロー版の『長靴をはいた猫』では、三男も猫も幸せになりますが、ペロー版の半世紀前に、イタリアの宮廷詩人バジルが書いた類話『ギャグリウソ』にはまったく違うエンディングがあるのです」

「聞きたいです」

急に饒舌（じょうぜつ）になったオーナーを前に、美沙は紅茶のカップをソーサーに置いた。

きっとこの人は、ヨーロッパの文化に造詣（ぞうけい）が深いのだろう。あの柱時計も、オーナーが買いつけた骨董品（こっとうひん）なのかもしれない。

風変わりな山亭を経営する博識そうな彼の話に、美沙は純粋に興味を持った。

「では、失礼して」

ボーイにお茶を淹（い）れてもらい、オーナーは向かいのソファに腰をかける。白いカップに形の良い唇をつけてから、オーナーは『ギャグリウソ』について語り始めた。

粉屋の兄弟が財産分けをし、末弟が猫を押しつけられる出だしはペロー版と変わらない。猫が王さまに贈り物を献上し、自分の主人がいかに高貴な人間であるかを吹（ふい）聴（ちょう）するところも同じだ。こちらでは猫は、末弟を「ギャグリウソ」という名の大金持ちの青年に仕立て上げる。

「猫の法螺話に騙された王さまが、多額の持参金と一緒に娘を嫁がせることを決め、末弟は本物の貴族になります」

「『長靴をはいた猫』とほとんど同じですね」

「ええ、ここまでは。ただし、『ギャグリウソ』には、この後にまだ続きがあるのです」

貧乏のどん底から這い出すことができた青年は猫に感謝し、「お前が死んだら、亡骸に香を焚き染め、金の壺に入れて自分の部屋に安置する」と約束する。ところが、試しに猫が死んだふりをすると、青年はあっさりと約束を反古にし、その身体を窓から庭へ投げ捨ててしまう。

「そんな……」

美沙は眉をひそめた。

死んだふりをしていた猫はひらりと庭に降り立ち、「これが散々お前に尽くした私に対する対価か、お前は罵倒する価値もない」と叫び、呆気にとられる青年から逃げ出したという。

「その後、猫は姿を消し、二度と人間の前に現れることはなかったそうです」

暖炉の火を見つめながら、オーナーが結ぶ。酷すぎる結末だった。

「でも、なぜ主人公の青年は、恩があるはずの猫にそんな仕打ちをしたんですか」

童話の原型には残酷なものが多いと聞くが、この話はあまりに理不尽だと美沙は思った。

「ヨーロッパでは、猫は元来不吉なものとして扱われることが多いのです」

オーナーは淡々と続ける。

「なぜなら、かの地では長い間、猫は悪魔を呼び出す錬金術の儀式に使われていたからです」

「錬金術の儀式？」

「北欧やイギリスには、猫の鳴き声は、儀式の際に悪霊を制圧する金属の武器のぶつかり合う音と同等だとする考え方があるのです」

錬金術の儀式が、猫を四昼夜、絶え間なく叫ばせ続ける残酷なものだと聞き、美沙は一気に食欲が失せた。

「四日間、一瞬たりとも間隔をあけることは許されないのです。どのような方法を使ったのかはおぞましくて想像したくもありませんが、生贄にされた猫たちは、この世のものとは思えない叫び声をあげ続けたそうです」

無表情にオーナーは語る。真珠色の頬が、暖炉の炎でときどき赤く染まって見えた。

「ほとんどの猫が、途中で力尽きました」

錬金術などという不確かな儀式のために、多くの猫が累々と犠牲になったという話を聞き、気分が悪くなった美沙はフォークを置く。

「ただ一人、イギリスのある男が錬金術に成功し、履けば永遠に生きられる銀の靴を精製したそうです。ただしその靴は誰の足にも合わず、誰も履くことができませんでした。そして、度重なる戦火の中で、その靴も行方知れずになったと言われています」

なに一つ得るもののない錬金術の話は、只々虚しいだけだった。

「あまり気持ちのいい話ではありませんでしたね。失礼をいたしました」

「いえ……」

すっかり冷えてしまったアップルタルトの残りを無理やり口に押し込み、美沙はソファから立ち上がる。

「ご馳走さまでした。大変お世話になりました」

荷物を持ってフロントデスクに向かうと、ワンピースを着た小太りの女性が三日月形に眼を細めて伝票を差し出してきた。何気なく受け取り、顔が引きつる。

一瞬、桁を間違えたのかと思った。そこに提示されていたのは、都心の五つ星ホテルの一泊の平均価格の三倍以上の金額だった。

「そんな」

思わず口に出せば、「なにが、そんなですかぁ」と、女性が詰め寄ってくる。

「あーんな悪天候の中、泊めてあげたんだから当然ですよぉ。今だって、オーナーを独り占めしたりしてぇ」

「な、なに言ってるの？」

「カードとか駄目ですよぉ。現金、オンリーですからねぇ」

「そんな大金、持ち歩いてるわけ……」

言いかけて、美沙は口を閉ざした。〝迷惑料〟として用意してきた金額が、ちょうど提示されている宿泊代と同じだったのだ。

でも、まさか。そんなことがばれているわけがない。

「いくらなんでも高すぎます」

飛び込みだったとはいえ、こんな高額を払わされるいわれはない。夕食も食べていないし、部屋のグレードからしても、この十分の一の値段でも見合わないくらいだ。

「う、内訳を出してください」

オーナーに抗議をしようと振り返り、足がすくむ。

オーナーと、ボーイと、白髪のシェフが、いつの間にか自分の背後をぐるりと取り囲んでいた。

「なにを驚いているのです。対価が必要なのは、当たり前のことでしょう」

美しかったはずのオーナーの顔が、悪魔の如くゆがむ。口が耳まで裂けたようになり、瞳が金色の光を放ち、長い黒髪が逆立つようにうねっている。

「対価っすよ、対価」

ボーイの表情からも、無邪気さが完全に消えていた。

「パンガーはパンガーの仕事をした。だから、あなたもそれをするべきだ」

長身の白髪の青年も、覆いかぶさるように迫ってくる。

この人たち、絶対おかしい――。

全員の瞳孔が大きく開き、ぎらぎらと光っていた。

「対価を！」

オーナーが甲高い声をあげた。

「対価を！　対価を！　対価を！」

フロントの女性も声を合わせ、全員が咆哮（ほうこう）するように叫び出す。

「やめてぇっ」

頭の中にまで響いてくる声に耐えきれず、美沙はトートバッグに手を突っ込んで現金の入った封筒を探った。

「対価を！　虐げられた我らに対価を！」

迫ってくる影がどんどん大きくなる気配がする。美沙は恐ろしさに振り返ることもできず、封筒を背後に投げつけた。そのとき、女の子からもらった花冠が封筒の角に引っかかって一緒に飛んだ。

一刹那、最も大きかった圧力がふっと弱まる。

その隙をついて、美沙は駐車場に向かって一目散に駆け出した。表は夕闇が漂い始めている。針葉樹の森の向こうに赤黒い夕日が落ちていく。

完全に日が暮れてしまう前に、この場を立ち去らなくては。

本能的にそう感じ、美沙は必死に車のドアをあけた。イグニッションキーを差し込もうとする手が、がくがくと震える。

宿の方向から、まだなにかが迫ってくる気配がした。黒雲のように押し寄せてくる気配を振り切って、車を発進させる。

薄闇に閉ざされた道を走りながら、美沙は奇怪な幻覚に悩まされた。

ギィーン！　ガーン！

耳障りな金属音が鳴り響く中、大勢の少女たちが、大きな口をあけて延々歌わされている。

その中に彩佳がいる。瑠奈がいる。そして、かつての自分がいる。

十代の美沙が、眼に涙を溜めて歌っている。

〝金を作るぞ！〟

誰かの声が響く。

ギィーン！　ガーン！

〝夢を売るぞ！〟

ギィーン！　ガーン！

少女が金属でたたかれる。手足から血を流し、それでも笑顔で歌い続ける。

疲れて膝を折ろうとすれば、容赦なく声が飛ぶ。

〝このままで終わるのか！〟〝代わりはいくらだっているんだぞ！〟

〝ここで逃げたら、お前は一生負け組だ！〟

少女たちに群がる、醜い小鬼。疲れ切った少女たちは、虚ろな表情で弄ばれる。

小鬼が少女たちを引き裂いて、骨の髄までしゃぶっている。

ステアリングを握りながら、美沙は首を横に振った。

「もう、やめて……」

少女たちを弄する小鬼が、突如顔を上げてこちらを見る。そこに自分自身の顔を認め、美沙は全身で悲鳴をあげた。

その瞬間、トンネルを抜けたように明るい場所に出る。

国道だ。

倒木の影も形も見当たらない。あんなに鬱蒼としていたのが嘘のように、道の先には街の明かりが見えていた。いつの間にか、カーステレオからはパーソナリティーの軽快なトークが流れている。

美沙は茫然として、前方の街明かりを眺めた。

◆

それから二週間後。美沙はまた、東北南部の山道で車を走らせていた。

十月下旬になっても、昼の最高気温は二十度を超えている。今年は秋がこないまま、冬になってしまいそうだ。

あの日の陰々滅々とした暗さが幻だったように、杉木立は明るい。美沙はバックミラーで、背後を確認した。

後部座席の右側では、彩佳が膝にきちんと手を置いて窓の外を眺めている。左側の瑠奈は、不機嫌そうな表情でスマートフォンをいじっていた。

ミラーの中で眼が合うと、瑠奈はいささかばつの悪そうな顔になる。だがすぐに、不貞腐(ふてくさ)れて肩をすくめた。

「見てるだけだから。投稿とか、してないし」

「スマートフォン、使えるの？」

美沙はできるだけ冷静に尋ねてみる。

「つながったり、つながらなかったり。Ｗｉ－Ｆｉ使えないとか、超ださい」

スマートフォンを放り投げ、瑠奈は車窓にもたれて眼を閉じた。その後はまた誰も口をきかなくなった。カーステレオから流れるラジオの音楽だけが車内に響く。ラジオを聞くともなしに聞きながら、美沙はこの二週間のことに思いを馳(は)せた。

山亭から逃げ帰った後、美沙はマネージメントの仕事を辞めることを本気で考えた。少女たちを弄ぶ小鬼の中に、自分の顔を認める悪夢に毎晩のようにうなされていたからだ。

自分のやっていることもまた、質(たち)の悪い錬金術でしかないと、つくづく感じた。未熟な少女たちの夢と希望を搾取して、粗悪な金(きん)を作り続ける。問題を起こせばメンバーを入れ替え、問題を起こさなくても、少女が若くなくなり処女性が失われれば、「卒業」という名目で容赦なく淘汰(とうた)する。

そこから得た経験を用いて自ら伸びていくようにさせるというのが、錬金術の建前なのかもしれないが、ほとんどの少女たちは錬成される前に力尽きてしまう。

アイドルビジネスは昔から連綿と紡がれてきているけれど、素人以上玄人未満の少女たちを握手会やお手軽なイベントで利用するやり口は、結局のところ当の彼女たちだけでなく、そこに群がる男たちも貶(おとし)めていることになる。

「プラチナエンジェル」に限って言及するなら、メンバーに対しても、彼女たちに貢ぐファンに対しても、正当な対価が与えられているとは思えなかった。

だから、もうこれ以上は続けられない。

しかし実際に退職願を書きかけて、美沙はもう一度熟考した。

自分が辞めたところで、事態はなにも変わらない。どこかから引っ張ってこられた別の誰かが、まったく同じ残務処理を任されることになるだけだろう。

〝対価を！　対価を！　対価を！〟

それではあの叫び声からも、夜ごとの悪夢からも、自分は解放されないのではないか。

さんざんに考えた末、美沙は一つの決断をした。

フィルムコミッションのプロデューサーが要求したとおり、メンバーを連れて謝罪と釈明に向かうことにしたのだ。当然、社長の許可は得られなかった。

だから、これは美沙の独断だ。

この決断が、どう転ぶかは分からない。先方に受け入れてもらえなければ、結局すべてが徒労に終わるかもしれないし、マスコミの出方によっては、取り返しのつかないことになるかもしれない。それ以上に、社長の許可なく動いたことで首になる可能性が極めて高い。

それでも謝罪にいきたいかとメンバーに確認したところ、彩佳はもちろん、意外なことに瑠奈までが同意してきた。

なぜ瑠奈が今回の謝罪に同行することにしたのか、本当の理由はよく分からない。このままだと、遅かれ早かれ自分も淘汰されると感じたのか。それなら謝罪につき合って、イメージアップに努めたほうが得策だと踏んだのか。

美沙は再度バックミラーに眼を走らせた。亜麻色の髪を肩に流した瑠奈は、ミニスカートからむき出しになった形の良い脚を組んで不貞寝している。

宴席などで、社長がテーブルの下で、隣に座らせた瑠奈の太腿(ふともも)に手を這わせているのを何度か見たことがあった。当の瑠奈は、社長にお酌をしながらげらげらと楽しそうに笑っていた。

でも――。

あのときの瑠奈の大げさな笑顔に、美沙はなんとなく、思い当たる節がある。

楽しそうにしていないと、やっていられないことってあるものね……。

〝やめてくださいよぉ〟

明らかなセクハラをへらへらと笑いながら受け流していた、かつての自分の姿が脳裏をよぎった。

男たちの〝減るもんじゃない〟を許容できるか否かで、待遇が左右されることはままある。そこに頼ってしまったのは瑠奈の落ち度かもしれないが、頼らざるを得なかった不安な気持ちは分からないでもない。

減るもんじゃない。

美沙もまた、そんな風に割り切ろうとした時期があったのだ。

しかし、どんなに減るものではないと思っていても、そこには間違いなく、損なわれるものがある。

美沙自身がそうだった。好きでもない男に身体を触られて、本当に平気でいられる女がいるわけがない。

減るのだ。

胸やお尻（しり）や太腿だけでなく、理不尽に肩や背中や腕や手を触られるだけでも、心のどこかがえぐり取られる。

何年経っても、その恐怖と屈辱は決して消えない。

癒（い）えない欠損を埋めるために、使い古された〝苛め〟以外の方法を瑠奈が本気で探ろうとしているなら、その決心を信じたい気持ちが美沙にはあった。

カーブに差し掛かり、ふと眼を凝らした。

倒木があったのは、この辺りだ。しかしどれだけ注意深く周囲を見ても、脇に入る林道や私道はどこにもない。

不思議なことはそれだけではなかった。

東京に帰ってから知ったのだが、あの日、日本のどこにも台風はきていなかった。

国道に倒木の被害があったニュースも、どんなに詳細に探しても見つからなかった。

それどころか、山亭のことを思い出そうとすると、なぜかところどころ記憶が曖昧になる。あれだけ強烈な体験をして、毎晩のように悪夢まで見ているのに、詳しいことを思い出そうとすると、一気に茫洋としてしまう。

まるで、なにかに強い催眠術でもかけられたみたいだ。

あの日、本当はどこかで〝迷惑料〟を紛失し、散々捜し回った挙句、地方都市のビジネスホテルに一泊し、疲れと焦りから長い悪夢を見ていたのだと、ありもしない記憶までが湧き起こる。

しかしよくよく考えれば、後催眠で上書きされたように思える記憶のほうが、よっぽど現実的に感じられてならないのだ。

だって、ありえないじゃない――。

そう思いつつ、もう一つ気になることがあった。

調べたところ、東北南部に位置するこの一帯の山地の名前は、猫魔ヶ岳(ねこまがだけ)というらしい。古くから妖力(ようりょく)を身につけようとする猫たちが集まり、修業をする場所だという伝説があるそうだ。

日本には、〝猫岳(ねこだけ)〟と呼ばれるこうした猫たちの修業場が、九州、東北等、ほかにもいくつか存在している。ある日、ふいに人里を離れた猫たちは〝猫岳〟に集い、山奥に迷い込む人間をたぶらかし、あらゆる妖力を蓄えていくという。

もう朧気で顔も思い出せないが、山亭のボーイが確かに言ったはずだった。

自分たちはここで修業をしているのだと。

一度力に目覚めると、山に呼ばれ、目的を果たさずにはいられなくなるのだと。

ふと、人里を離れた猫たちが、猫魔ヶ岳の山亭に集っていくイメージが頭をよぎる。

まさかね……。

やはりありえない話だ。

美沙は苦笑する。

けれど、もしも彼らが本当に化け猫で、なんらかの目的を果たすために更なる妖力を身につけようと修業をしているなら、それは多少なりとも自分には効いたのかもしれない。

なにをやっても変わらない。それならば、流されたほうが楽。

そう考えていた自分が、初めて自分から壁を崩そうとしているのだから。

彩佳や瑠奈だけのためではない。これは恐らく、自分自身のための行動だ。

美沙はバックミラーで後部座席の二人を見やる。

彩佳は決意を秘めた眼差しで、じっと前を見ていた。瑠奈は相変わらず不貞寝している。

東京を出てからここまで、二人は会話どころか視線さえかわそうとしない。それでも同じ目的に向かう車内にいる。今はそれがすべてだ。

もし事務所を首になってしまったら、一体どうすればいいのかとも考える。

この二人を連れて独立するような器の大きさが、果たして自分にあるだろうか。社長の妨害に遭って、なに一つ果たせずに、惨めに業界を追放されてしまうかもしれない。

でも、私たちは力を合わせて壁を崩していかないと、いつまでたってもこの先に進めない。

それはきっと、芸能界に限った話ではないだろう。

瞬間、金色の瞳を光らせた山亭のオーナーの顔が、はっきりと目蓋の裏に浮かぶ。

長い黒髪をなびかせた怖いほどの美貌が、覚悟のほどを問うてくる。

そう。これは修業だ。

無謀であっても挑まなければ、この世界は変わらない。

女子(おんなこ)どもになにができるかと、きっと多くの人は言うだろう。

しかし、そうそういつまでも、〝母性〟と〝処女性〟の枠の中に、押し込められていてたまるものか。

美沙はステアリングを握り直し、慎重にアクセルを踏む。

猫（あなた）たちが敷いた不可視の境界線を越えて。
私たちもまた、化けるのだ。

第二話　逃げる男

昼の時代劇の再放送は、コマーシャルが多い。しかも、スポンサーが少ないのか、同じものばかりが繰り返される。

〝人生百年時代、明るく楽しい未来に、あなたの保険〟

綿引清人は、布団代わりに並べた座布団の上であくびまじりに伸びをした。寝そべったまま、テレビのリモコンを手に、ザッピングしてみる。

したり顔のタレントが仕切っているワイドショー。

テレビ画面一杯に、小さな女の子の写真が映る。

また、虐待のニュースか……。

リモコンを手にしたまま、清人は眉をひそめた。

ここ数年、ネグレクトを含めた児童虐待のニュースが増えている。育てる自信も気概もないのに、どうして子どもなんて作るのだろう。

写真の女の子は、両親がゲームセンターで遊んでいる間に、車の中に放置されて熱中症で死亡した。残暑の中、車内の温度は五十度近くまで上昇していたという。

どんなに暑く、苦しかったことだろう。

女の子のあどけない笑顔が再び大写しになり、清人は胸が痛くなる。ああいう澄んだ眼差し(まなざ)で、誰かを信じていた遠い日が、自分にもあった。

いつの時代も、大人は皆勝手だ。清人が子どもの頃、大人は嘘しかつかなかった。

清人の胸の裡(うち)を、冷たいものが撫(な)でる。

かくいう自分も、二十代の半ばをとうに過ぎた。年寄りばかりの地方都市にいるといつまで経っても「若手」扱いだが、年齢だけで考えれば、いい大人だ。ご多分に漏れず、自分も嘘つきで身勝手な大人になった。

そうでもしなければ、こんな世知辛い世の中は生きていけない。

開き直り、清人はとまらないなまあくびを嚙(か)み殺す。

十一月に入り、北関東のこの町では木枯らしが吹きすさぶ季節になったが、南向きの部屋は陽光が奥まで差し込み暖かい。陽だまりでじっとしていると、汗ばんでくるくらいだ。

バストイレ別の２ＬＤＫ。おまけに広い駐車場つき。東京都心でこんな部屋に住もうと思ったら、どれだけ家賃を取られるか分からない。

ただし、この部屋は少々魚臭い。

もっとも自分で家賃を払っているわけではないので、贅沢を言うつもりもない。

リモコンを床に置き、清人は寝返りを打ってテレビに背を向けた。

高校時代の先輩、智美が暮らすこの部屋に転がり込むようになってから、そろそろ二年が過ぎようとしている。

智美とは、一昨年末、東京から逃げるように舞い戻ってきた直後、地元の消防団の集まりで再会した。再会と言っても、清人のほうは、智美のことをまったく覚えていなかった。

〝綿引君。ねえ、綿引君だよね。サッカー部にいた〟

それでも熱い眼差しを向けられたとき、これ幸いと感じた。

とっさに智美の眼を見つめて微笑み返した。自分のどういうところが女性に受けるのか、分かったうえでの笑みだった。

〝私のこと覚えてる？〟

期待に満ち満ちた問いかけに、〝もちろん〟と頷いた。お望みに応えることにしたのだ。

あのとき、清人は正直行き詰まっていた。頼みの綱だった派遣会社からは雇い止めを食らっていたし、そうでなくても、東京の人の多さや、家賃の高さや、満員電車に辟易としていた。バックパックでどこかへいこうにも、軍資金が尽きていた。

仕方なく、祖父母のもとに身を寄せていたが、気詰まりで仕方なかった。智美が県庁所在地の水産加工工場で働きながら一人暮らしをしていると聞いたとき、これを逃す手はないと思った。

別に智美を騙したわけではない。双方にメリットのある方法を選んだだけだ。

地元の消防団の集まりにやってきた智美は、三十歳を目前にした焦燥感で一杯だった。東京ならともかく、地方都市でいつまでも独身でいるのは肩身が狭い。出産適齢期のある女性ならばなおさらだ。

毛先を緩く巻いたセミロングに、薄桃色のカットソー。高校を卒業してすぐに水産加工工場に勤めたという智美が出会いに飢えているのは、男受けを狙ったコンサバファッションからも明白だった。

後々聞いたところ、智美の働く水産加工工場では未だに手作業が多く、働いている部署は中年女性ばかりなのだそうだ。長らく地元に居なかった清人の登場は、智美にとっても渡りに船だったに違いない。

干物、つくだ煮、水煮缶……。毎日のように智美は水産加工品を持ち帰る。食費は浮くのだろうが、台所は常に生臭い。夜に身体を重ねたとき、智美の肌からどことなく魚の臭いが漂うこともあった。もしかしたら自分にも、その臭いはしみついているのかも分からない。

でも、それくらいは眼をつぶるしかないだろう。皆、自分のために、誰かを利用しているのだから。

家族だって同じだ。

ふと、眼の前でぱたんと閉じられた灰色の扉が甦る。

〝すぐ帰ってくるからね〟

母はいつもそう言って、幼い清人を置き去りにしていった。

その場しのぎの嘘ばかり。

我知らず、清人は唇を噛み締める。

清人の両親は、清人が幼い頃に離婚した。父親の顔は、今となっては記憶にも残っていない。清人はわけも分からずに、母の郷里の北関東の田舎町に連れてこられた。

都内のアパートと違い、田舎の家は広かったが、これまで知らなかった臭いがこもっていて怖かった。古い畳や、仏間の線香や、昼間は観光農園で働いている祖父母の汗と体臭が、入り混じった臭いだった。

〝必ず迎えにくるから、いい子で待っててね〟

祖父母に預けられた清人は、その言葉を真に受けて、昼も夜も母の帰りを待ち続けた。最初の一年は、母は多いときには週に一度、少なくとも月に何度かは帰ってきた。

しかし、いつしかその回数が月に一度になり、数か月に一度になり、半年に一度になり、やがては年に一度になり……。

それから先のことを思い出すのが嫌で、清人は床のリモコンを拾い、テレビのボリュームを上げた。

ワイドショーでは、先刻の児童虐待のニュースなどすっかり忘れたように、年末に向けての買い物特集をやっている。アメ横を歩くリポーターが、甲高い声でお得情報をリポートし始めた。

清人はチャンネルを変えて、大きく息を吐いた。

下手をすれば、自分もあの小さな女の子のような目に遭っていた可能性もあったわけだ。たまたま母には幼い子どもを押しつけることのできる郷里があり、たまたま祖父母がそれを引き受けてくれたから、命を危険にさらすようなことがなかっただけで。

とは言え、虐待こそされなかったが、それほど可愛がられた覚えもない。

祖母は表情の乏しい無口な人で、母のように清人を甘やかしてはくれなかった。

〝そんなに聞きわけがないと、お母さん帰ってこないよ〟

清人がかまってほしくて泣きわめくたび、祖母はぼそりとそう言った。母のことを持ち出されると、どれだけ心細かろうと、苛立っていようと、癇癪を起こすわけにはいかなかった。

どうしようもなくあふれてくる涙を抑え込み、引きつけを起こすようにしゃっくりを繰り返していた当時の自分を思い返せば、今でも胸の奥に穴が空いたようになる。

祖父と共に観光農園で働いていた忙しい祖母にとっては、その場しのぎの常套句に過ぎなかったのだろう。けれど、幼い清人はその言葉に一縷の望みをかけた。

〝いい子〟にしていれば、きっと母が迎えにきてくれる。

そう信じて、誰もまともに自分を相手にしてくれない寂しい日々を耐えに耐えた。

遠い昔のことなのに、必死だっただけに、その記憶は深く、重い。

あんな努力、なんにもならなかったのに。

どれだけ我慢を重ねても、結局母が自分を迎えにくることはなかった。

大人の言葉は残酷だ。どいつもこいつも自分勝手で嘘ばかり。

中学二年生の夏休みに久方ぶりに戻ってきた母は、東京で再婚したとかで、苗字も容姿もすっかり変わっていた。おまけにお腹が大きかった。

いつでも会いにきてほしいと、母は眼に涙を浮かべて東京の住所を置いていった。

ただ会いにきてほしいだけ。一緒に暮らそうとは言われなかった。

その晩、清人は母の住所のメモをライターの火で焼いた。

小さく頭を振り、清人は嫌な回想を追い払う。

それでも親かよ。自分の子どもを騙しやがって。

でも、だからこそ、俺だけは自分のことを騙さない。どれだけ周囲を欺こうと、自分の心に背くことはしない。

　高校を卒業すると、東京の専門学校に通うのを口実に、清人は祖父母の家を出た。周囲の友人たちのように、観光農園を手伝うのが嫌だったからだ。

　だって、あそこは俺の実家じゃないもの――。

　せっかく学費を出してもらったのに、専門学校にはろくに通わなかった。東京ではアルバイトと遊びに明け暮れた。

　東京のどこかにいる母のことなど、端から考えもしなかった。

　大人たちの勝手に倣い、自分もやりたいようにやってやる。

　清人はずっとそう考え続けていた。すなわち、やりたくないことはやらない。一度も定職についていないのも、結婚しないのもそのためだ。子どもも作らないように細心の注意を払っている。

　はずなんだけど……。

　一抹の不安が胸をよぎり、清人は肘をついて起き上がった。

　西日が差し始めた殺風景な町並みを、じっと見つめる。

　十一月の日はつるべ落とし。午後三時半を過ぎると、黄色い日差しに早くも夕闇の気配が混じり込む。この季節、北関東では日が暮れた途端にぐっと気温が下がり、夜はしんしんと冷える。さっきまで暖かかったのに、窓の隙間から既に冷気が漂い始めていた。

いつまでここにいればいいんだろう。

ふと、そんな疑問が脳裏をかすめた。なにをしても、どこへいっても、胸の奥に空いた穴は埋まらない。

〝人生百年時代、明るく楽しい未来に……〟

ぼんやりザッピングを続けていると、時代劇のチャンネルに戻ったらしく、またしても同じコマーシャルが流れている。

「しつこいって」

テレビのスイッチを切り、リモコンを卓袱台(ちゃぶだい)の上に放り投げた。

人生百年なんて、冗談じゃない。

座布団を枕にしてもう一度横になる。

今すぐ死にたいとまでは思わないけれど、二十七年生きてきて、もう、なにもかもうんざりだ。このままだらだら後何十年も生きるなんて、まじ、勘弁。暇つぶしなら、もう充分やってきた。

大体、保険ってなに？

そんなもの、まったく信用できない。どれだけ保険を掛けたって、この世の中は一向に不確かだ。

だって、そうじゃないか。金融危機、水害、震災、原発事故……。生きてきた時間のほとんど、そんなことばっかりだ。

こんな世の中で、努力をするなんてまっぴらごめん。

七十を過ぎて、未だに観光農園であくせく働いている祖父母のことも、魚臭くなりながら、毎日出勤する智美のことも、ご苦労なことだとしか思えない。

仕事から帰ってくる智美のために、清人は気がむくと、ツナのサラダや、鯖(さば)缶を使ったエスニックカレーを作った。

最初のうちは、智美もそれを喜んでいたようだ。

だが、最近、智美の機嫌がとみに悪い。

万年人手不足だという水産加工工場にどれだけ誘われても、のらりくらりと言い訳しつつ、清人がいつまで経っても働こうとしないせいかもしれない。けれど気になるのは、どうもこのところ、彼女の体調が思わしくないことだ。

昨晩は、夕飯にほとんど手をつけようとしなかった。

まさか……。

先刻よぎった不安が胸に迫り、清人は眉間(みけん)にしわを寄せる。

今の生活も、言ってみれば暇つぶしだ。そこに責任を負いたくない。

それ以上考えるのが面倒になって、清人は肩で息をついた。いつの間にか、窓の外が暗くなり始めている。寒い。

ヒーターのスイッチを入れ、清人は床で丸くなった。

それから数日後の週末、智美がいつもよりずっと早く帰ってきた。

「どうしたの。随分、早かったね」

いつものように、居間でごろごろと寝そべってテレビを見ていた清人は、慌てて身を起こす。異性受けする己の容姿を熟知した、精巧な笑みを浮かべることも忘れなかった。

しかし、二年近い歳月の後、清人の自堕落さはそれだけでは隠し切れなくなっていた。

「今日は仕事にいってたわけじゃないから」

最初のうちは、ぽおっとのぼせてくれていた智美も、今では白けたような一瞥を寄こし、車のキーを玄関のカウンターに放り投げた。

「それより、ちょっとこっちにきてよ。話があるから」

台所のテーブルの椅子を引き、どさりと腰を下ろす。今日はいつにもまして、機嫌が悪そうだ。

嫌な予感に身をすくませながら、清人は狭い台所に入る。ぷんと魚の臭いがした。

「あのさ、こういうことになったから」

つっけんどんに言うと、智美がトートバッグから一枚の書類を取り出して、清人の前に突きつけてきた。

『妊娠届』

書類の一番上に印字された文字に、清人の周到な作り笑いが凍りつく。

「妊娠八週目だって。もう心音もあるから、病院で妊娠届を出してもらった。これから手続きして、母子手帳をもらうつもり」

完全に固まってしまった清人を、智美は上目遣いでにらみつけた。

「私、産むからね」

きっぱりと告げられて、清人は息を吞み込む。

悪い予感ほどよく当たるとは、このことだ。

「で、でも、こういうことは、二人でもう少しちゃんと話し合わないと……」

清人は、声を震わせないようにするだけで精一杯だった。

子どもなんて、冗談じゃない。

「話し合うって、なにを？」

智美がふんと鼻を鳴らす。

「二年も一緒にいれば、清人が私のことを真剣に考えていないことくらいよく分かるよ。私、清人が思ってるほどバカじゃないから」

椅子の上で身体をそらせ、智美は腕を組んだ。

「高校時代の私のこと、覚えてるって言ったのも嘘だよね」

答えられない清人に、智美が乾いた笑い声を漏らす。

「別に、結婚してほしいわけじゃないから」

「えっ」

思わず顔を上げれば、智美が絶望的な表情を浮かべた。

「なに、そんな嬉しそうな顔してんの?」

ごめんと言いかけて口をつぐむ。ここで謝るのは、さすがに失礼だろう。

「ほんっと、サイテー」

小さく吐き捨てた後、智美が覚悟を決めたように身を乗り出してきた。

「ただ、ちゃんと働いて。養育費を払ってもらわなくちゃいけないから。子どものために」

有無を言わさぬ口調で続けられる。

「結婚はしなくても、認知はしてもらう。強制認知だってできるんだからね」

強制認知——。その響きに、清人の胸や脇の下に生ぬるい汗が湧いた。

「私のいる工場なら、明日からでも働き口はあるから」

少し前から、智美は一人で考えを決めていたのだろう。清人は内心の焦りを隠すのに必死だったが、智美は怖いほどに真剣だった。

「お金だけは絶対に必要。お金さえあれば、後のことはなんとかなる」

低い声で智美が呟く。

「来週、一緒に工場にきて」

「わ、分かった……」

智美の迫力に負けて、清人は曖昧に頷いた。今はなんとかして、この場を切り抜けるしかない。週明けまでに、逃げ出す方法を考えればいい。

「それから、保険に入ってもらう」

「は？」

逃げることだけを思案していた清人は、予期せぬ要求に間の抜けた声を出した。なんで、ここでいきなり保険の話が出るのだ。

〃人生百年時代、明るく楽しい未来に、あなたの保険〃

まったく場違いな、テレビコマーシャルのフレーズが頭に浮かぶ。

「結婚してなくても、ちゃんと手続きさえすれば、私や生まれてくる子どもが受取人になれるんだよ」

トートバッグから、智美が再び書類の束を取り出した。

「とりあえず、これにサインして」

ボールペンと一緒に突き出され、清人はさすがに顔色を変えた。

「ちょ、ちょっと待てよ」

「なにかあったときに、私も保険を掛けておきたい。これも全部、子どものためだから」

智美が眼を据わらせる。

「いや、それはちょっと、おかしいだろう」

清人は焦りを隠せなくなっていた。

なんだ、これ。一体全体、どういうことだ。

「あんたの口約束も、あんたのことも全然信じられない。私はちゃんとした保証が欲しい。結婚しなくてていいから、保険に入って、私か子どもを受取人にして」

「なに、バカなこと言ってんだ」

「バカなことじゃないよ。逃げようとしたら、私、清人のこと殺すから」

冗談とも思えない口調に、清人は慄く。

「こんなこと言わせるあんたが悪いんだからね……」

怯えが伝わったのか、智美が少し悲しげな顔になった。

「ねえ、智美。少し落ち着こうよ」

すかさず清人は懐柔に出ようとしたが、それが逆効果だったようだ。

「なにをどう落ち着けって言うのよ！」

我慢しきれなくなったように、智美が声を張り上げる。

「さあ、ごちゃごちゃ言ってないで、書類にサインしてよ！　でないと……でないと、本当に殺す……」

書類とボールペンをテーブルにたたきつけた瞬間、智美はふっと言葉を途切れさせた。

「智美？」

訝しく思って呼び掛けた途端、智美が口元を押さえて立ち上がった。ばたばたと足音を立てて洗面所に駆けていく。その直後、洗面所の扉の奥から、吐物が飛び散る音と苦しげなうめき声が漏れてきた。

智美……。

ほんの一瞬、心を引かれそうになったが、清人は我に返って椅子から跳ね上がった。ここにいると縛られる。下手をすれば、本当に殺されるかもしれない。

体内に命を宿した智美の眼は真剣だった。

智美はまだ洗面所でえずいている。逃げるなら、今しかない。

その瞬間、カウンターのイグニッションキーが眼に入った。居間に飛び込み、大急ぎでダウンジャケットを羽織り、清人はキーをつかんで玄関を飛び出す。

駐車場で車に乗り込み、イグニッションキーを差し込んでいると、アパートから智美がよろよろと駆け出してきた。

ごめん。受けとめられない。

自信も気概もないのに、子どもを持つなんて、俺には無理だ。

こちらに手を差し伸べている智美から眼をそらし、清人は車を発進させた。


鬱蒼（うっそう）とした杉林の中を、清人は車のライトを頼りに走っていた。

東京方面へ向かうべきだったかもしれない。

電灯の一つもない国道というより〝酷道〟を走りながら、清人は眉間にしわを寄せる。祖父母のところへ戻るつもりなど毛頭なかったのに、気づくと車を北上させてしまっていた。

智美の車は山道に強い四輪駆動だが、安い中古車のためナビゲーションシステムがついていない。加えて右も左も杉木立に覆われた山道は、深夜のように真っ暗だ。

これからどこへいけばいいのか――。

どこへいっても、自分の居場所などない気がする。

悪阻（つわり）に苦しみながら、自分を追いかけてこようとしていた智美の姿を思い返すと、微かに胸が痛んだ。私のことを真剣に考えていないことくらいよく分かる、と智美は言ったけれど、それは別段彼女に限った話ではない。もとより清人はすべてのことを真剣に考えるのが嫌なのだ。

それにしても、要らない子として生まれた自分が、またしても要らない子を作ってしまうとは、なんと因果なことだろう。

生きていくのって、本当に、絶望でしかない。

けれど、もともと長く生きたいと思っていない自分が、こんなふうに必死に逃げているのは何故か。たいして要らない命なら、保険にでもなんにでも入って、智美と智美のお腹の子に、くれてやってもよかったものを。

己の心の矛盾に行き当たり、清人は深く息を吐く。

やりたいことなど一つもない。敢えて挙げるなら、やりたくないことをやらないのが、唯一のやりたいことだ。

働くのも嫌だし、子どもを認知するのも嫌だし、保険に入るのも嫌だ。

だから、こうやって逃げるしかない。

開き直って、清人はアクセルを踏んだ。

だが、いくつもの急カーブを曲がっていくうちに、段々不安な心持ちになってきた。

これは、少しおかしいのではないか。

先ほどから山深くなるばかりで、明かりがまったく見えない。深海の中を走っているように、延々と真っ暗だ。ほかに走っている車も一台も見当たらない。国道を走っているはずなのだが……。

「えっ」

ダウンジャケットのポケットからスマートフォンを引っ張り出し、清人は思わず声をあげた。

深夜近い時刻になっている。

いつの間にそんなに時間が経っていたのだろう。考え事をしているうちに、随分な距離を走っていたようだ。これでは、県境を越えて、隣県へ入っているのではないだろうか。

アプリでマップを開こうとした瞬間、液晶画面が暗くなった。電池が切れてしまっている。

肝心なときに……。

清人は舌打ちして、スマートフォンをポケットに突っ込んだ。

一体、自分はどこを走っているのだろう。

どこかで車を停めようと周囲を見回し、清人は呆気（あっけ）にとられた。

サイドガラスを真っ白なものがたたきつける。突然、冬の嵐のように、雪が降り始めたのだ。

「マジかよ」

清人の背中を冷たい汗が流れる。そうこうしているうちに、真っ暗な空からどんどん雪が落ちてきて、フロントガラスがあっという間に白く覆われていく。慌ててワイパーを動かしたが、ぬぐってもぬぐっても、白い大きな雪片がフロントガラスにへばりつく。

一体、なんの祟りなのか。

清人はたった一人、深い山中で、大雪に見舞われていた。

瞬く間に山道に吹き溜まりができていくことに、清人は焦った。

まずい。いくら山道に強い四輪駆動でも、あれに突っ込んだらひとたまりもない。こんなところでエンコしようものなら、本当に遭難しかねない。

どこか、どこかに逃げ道は――。

懸命に周囲を見回すと、一本だけ細い脇道が見えた。なぜかそこには吹き溜まりができていない。その先に微かな明かりが見えた気がして、清人は勇んでステアリングを切った。

林道なのか、私道なのか。脇道は細い一本道だが、妙に走り心地がいい。

しかも不思議なことに、この道に入った途端、吹雪いていた雪が嘘のように静かになった。

やがて道の先に、黒い森を背景にした一軒の邸宅がぽつんと建っているのが眼に入った。ライトに照らされ「山亭」と書かれた看板が闇の中に浮かび上がる。脇道は、この山亭の私道だったようだ。

山亭の窓から明かりが漏れていることに、清人は安堵する。

しかし、ダウンジャケットのポケットの財布を探ったところ、中には千円札が三枚しか入っていなかった。小銭をかき集めても、四千円に満たない。素泊まりでも足りるか足りないかの微妙な額だ。

とりあえず清人は駐車場に車を停めた。最悪、ここで車中泊させてもらおう。

幸い雪はやんだし、ダウンジャケットを着ていれば、それほど寒くはない。四千円足らずとは言え、今はそれが自分の全財産だ。節約するに越したことはないだろう。

さっきの雪は、なんだったんだよ。

シートを倒し、清人は雲の切れた夜空を見上げた。山の天気は気まぐれだ。鬱蒼とした杉木立の向こうには、今では満月に近い大きな月まで出ている。明るい月明かりの下、山亭のスレート瓦の屋根が銀色に輝いて見えた。

何気なく眼を凝らし、清人はぎょっとする。

山亭の屋根の上になにかいる。

細部までは陰になっていて見えないが、月に向かって口をあけているようだ。口元から長い舌がべろりと垂れている。

獣にしては大きすぎる。まさか、人か。

月明かりを反射して、小さなものがキラッと光った。同時に、なにかが突如こちらを見たような気がした。その刹那(せつな)、するすると屋根を伝い、なにかが闇の中へ消えていく。

清人は啞然(あぜん)と眼を見張った。

そのとき、いきなり横から大きな音がして、危うく絶叫しそうになった。

「旦那(だんな)さま、旦那さま」

カンテラを持った若いボーイが、サイドガラスをたたいている。

しまった、見つかったか。

現実に引き戻され、清人は顔をしかめた。

「あー、ちょっと道に迷ったんですよ。悪いけど、ここで車中泊……」

「旦那さま、お待ちしておりました！」

サイドガラスをあけた途端、十代にしか見えない茶髪のボーイに車中に首を突っ込まれそうになり、清人は面食らう。

「ほらほら、早く降りてくださいよ。オーナーもお待ちですから」

どうやらボーイは、誰かと自分を間違えているらしい。

「いや、俺は……」

「さあ、旦那さま、早く早く」

「だからさ」

「今日は旦那さまお一人のご予約ですからね。特別室をご用意しております。オーナーもお待ちかねですよ」

話を聞くうちに、本物の「旦那さま」は、先ほどの雪で立ち往生しているのではないかと思いつく。だったらそいつに成りすまして、今夜は特別室とやらに泊めてもらうのが得策かもしれない。

どうせ、間違えてるのはこいつなんだし――。

ボーイに促されるまま、清人は車を降りた。

玄関をくぐり、ロビーに入ると、高級そうな絨毯(じゅうたん)を敷き詰めたクラシカルな空間が広がっていた。ロビーの奥では暖炉が赤々と燃え、大きな柱時計がかちりこちりと重厚な音を立てている。

うわ、部屋代高そう……。

清人は少々怖気(おじけ)づいた。これは素泊まりでも四千円では歯が立たなそうだ。

やっぱり、人違いだと打ち明けようか。この後、本物が現れたら厄介だ。

第一、部屋着のトレーナーとジーンズに、ダウンジャケットを羽織っただけのこの恰好。荷物も持っていないし、〝旦那さま〟からは程遠い。

世間知らずそうなボーイはともかく、オーナーに会えば一発でばれるだろう。

「あのさ、俺、やっぱり……」

ボーイに声をかけようとした瞬間、ロビーの奥から現れた人物の姿に、清人は言葉を失った。

絹のような長い黒髪に、真珠色に輝く肌。

黒いナイトドレスに身を包んだほっそりとした美女が、静々とこちらにやってくる。

細面の顔は小さく、くびれた腰は儚いほどにか細いのに、大きく開いた襟ぐりからは、泡立てたばかりの生クリームのように柔らかそうな豊満な胸が、こぼれんばかりに覗いている。

長い睫毛の下の黒い瞳が、ゆったりとこちらに流し目をくれた。真っ赤な唇が、蠱惑的に弧を描く。

清人はごくりと生唾を飲み込んだ。

二十七年間生きてきて、こんなに妖艶で美しい女に出会ったのは初めてだ。

「オーナー」

背後のボーイが嬉しそうな声をあげる。

オーナー？

それではこの現実味がないほどに美しい女が、山亭の主なのか。

女主人は音もなく近づいてくると、すうっと清人のうなじの匂いを嗅いだ。麝香のような女の香りに、清人はくらくらする。

「旦那さま、お待ちしておりました」

耳元をくすぐるように、女主人の甘い声が響いた。憂いに満ちた切れ長の眼が、しっとりと自分に注がれている。

最近のＩＴ社長の中には、服装にまったく構わない人もいると聞く。

それなら、この恰好でもばれないかもしれないと、清人はぼんやりしていく頭の中で考える。

女主人に手を取られ、清人は朦朧としながら階段をのぼり、特別室に案内された。

「どうぞ、ごゆっくりおくつろぎくださいませ。旦那さま……」

部屋の窓から、黒いスレート瓦の屋根が見える。

そう言えば、駐車場で見た屋根の上のあの影は、一体なんだったんだろう。なにかの見間違いか、あるいは気のせいか――。

細い指で長い黒髪をかき上げた女主人の耳元で、金のピアスがちかりと光る。

その輝きを最後に、清人は急速に意識を手放していった。

翌朝、清人は天蓋(てんがい)つきの豪華な設(しつら)えのベッドで眼を覚ました。

表面はふわふわと柔らかいのに、しっかりとスプリングが利いている。よほど高級なベッドなのだろう。

その割には、ちっとも疲れが取れていない。

ベッドの上に身を起こし、清人はまだぼんやりとしている頭を左右に振った。いつ着替えたのか、これまた上質なバスローブを纏(まと)っている。

セレブかよ――。

苦笑しながら萌黄(もえぎ)色の厚いカーテンをあけてみると、外は深い霧に包まれていた。

今が何時なのか見当がつかない。

昨夜、なにがあったんだっけ……。

智美のアパートから飛び出し、深夜に山中で吹雪に遭い、この山亭にたどり着き、誰かと間違えられたまま部屋に案内されたところまでは覚えている。

肝心なのはその後だ。

世にも美しい山亭の女主人と、なにかあったような、なかったような。

自分の裸の胸に豊満な乳房を押しつけ、長い黒髪を垂らしてじっと上から覗き込んでくる女主人の幻影が浮かび、腰のあたりがぞくりとした。

ただ、それが夢だったのか現実だったのかが判然としない。

まいったな――。

バスローブのはだけた胸元を掻いていると、次第に頭がはっきりしてきて、はたと我に返る。あやふやな回想に浸っている場合ではない。人違いがばれないうちに、この山亭を出たほうがいい。

急いでもとの服に着替え、清人はそそくさと部屋を出た。

足音を忍ばせながら階段を下りてロビーに入った途端、フロントに肉づきのいい若い女性が座っているのが眼に入る。白地に黒と褐色のまだらのような柄を散らしたワンピースを着た女性は、こっくりこっくりと居眠りをしていた。

チャンスだ。

できるだけ静かに足を進めたのに、フロントの前をいきかけた瞬間、女性がぱちりと眼を開いた。小太りの女性は硝子玉のような瞳を真ん丸に見張り、まじまじとこちらを見つめてくる。

「あ、いや、その……」

清人が言い訳を考えていると、しかし、女性は急に興味をなくしたように、ふいっとそっぽを向いた。それから堂々と伸びをし、暇そうにボールペンを転がしている。

なんだ、この女――。

清人はあきれて女性を眺めた。

客である清人に気づいたのに、挨拶(あいさつ)もせずに、今は大あくびをしている。そのうち、フロントのテーブルの下からやすりを取り出し、爪を研ぎ始めた。

こいつ、俺と同じだ。

仕事になんの興味も責任も感じていない、まったくやる気のないバイトだろう。こんなのが相手なら楽勝だ。

「旦那さまぁ、どちらへ？」

ところがフロントの前を通り抜けようとした瞬間、小太りの女性が目ざとく声をかけてきた。振り切って駐車場まで走ろうと足に力を入れる。その途端、上半身がぐらりとかしいだ。下半身に力が入らず、膝(ひざ)から崩れ落ちる。

なんてことだ。身体が思うままに動かない。

「あら、あーら、あらあら、あーら大変」

女性がフロントを離れて、清人のもとまでやってきた。

むっちりとした腕で、ロビーに膝をついた清人をなんとか引っ張り上げてくれる。

「昨夜は随分お楽しみのようでぇ……」

丸々と健康的に太った女性が、三日月のように眼を細めてくっくと笑った。

やっぱりそうか。

ほとんど記憶がないのが残念極まりないが、昨夜は女主人と一戦どころか何戦も交えたらしい。清人も相当遊んでいるほうだが、こんなに腰砕けになったのは初めてだ。

「お若いのに、大丈夫ですかぁ」

さも可笑(おか)しそうに、女性は背中を丸めて、くっくっくっくと笑い続ける。なんだか小馬鹿にされている気がして、清人はむっとした。

「ねえ、ここの女主人ってさ、もしかして旦那さん亡くして今は独り身の欲求不満の奥さまだったりするの？」

年老いた富豪を腹上死させ、遺産で譲り受けた邸宅を山亭に改装し、夜な夜な若い男客をつまみ食いする美貌(びぼう)の寡婦――。そんな安手のサスペンスのような筋書きを思いついて、清人はからかい半分に尋ねてみた。

「女主人……？　奥さま……？」

ふいに女性が笑うのをやめて、こちらを覗き込んでくる。硝子玉のような真ん丸な目玉にじっと見つめられ、清人は急に居心地が悪くなる。

「いや、まあ、ただの冗談だけど」

ぼそぼそと言い訳すると、女性がぱちんと手を打った。

「へぇー、今回はそういうコンセプトなんだぁ」

「コンセプト？」

「そう言えば、最近、よく月光浴してましたしねぇ」

一人でうんうんと納得している。

「それって、なんの話……」

訝しく思って聞き返そうとした瞬間、ずいっとボールペンを突き出された。

「ところで旦那さま、チェックイン手続きがまだですよぉ」

しまった。

「ちゃんとサインしてくれないとぉ。お代はいただいてますけどねぇ」

突き出したボールペンをちょいちょいと指先で弄(もてあそ)びながら、フロントの女性が歌うような声で言う。きょとんとしているようにも見える大きな瞳で、彼女自身が弄ぶボールペンの先の動きだけを追っている。清人のほうは見ようともしない。

実に不真面目な態度だ。

この調子なら、もしかして、彼女にだけは本当のことを告げても大丈夫なのではないだろうかと清人は考え始めた。一応、マニュアルに則(のっと)って、チェックイン手続きを催促しているだけだろう。たいしてやる気はなさそうだし、なにより、料金は既に支払われているようだし。

「あのさ」

「はぁい、なんでしょう」

「俺、君たちの言ってる旦那さまじゃないと思うよ、多分」

「ええ、どうしてぇ？」

「人違いだよ」

ふいにボールペンの動きがとまった。

女性が眼を据わらせて、清人ににじり寄ってくる。少し上向きの女性の鼻がぴくぴくと動き、清人のうなじの匂いを嗅いだ。

反射的に身を引こうとした瞬間、女性が素っ頓狂（すっとんきょう）な声をあげた。

「べっつに、いいんじゃないですかぁ」

あまりにあっけらかんとした態度に、清人のほうがびっくりする。

「だって、お客さん、すっごくいい匂いするしぃ」

丸く握った拳（こぶし）を口元に当て、女性がにんまりと眼を細めた。

「それに、旦那さまって、大体そんなもんですよぉ。有り余るほど持ってても、無駄にするばっかりで、大事なものがなくなっても、気づきもしませんしぃ」

それは、もともとここへくるはずだった本物の〝旦那さま〟は相当の金満家で、キャンセル代くらいなんとも思わないという意味だろうか。

「どうせ、本人だって、もうこないですよぉ。オーナーのお眼鏡にもかなったんですし、代わりに好きなだけ滞在されていったらいいじゃないですかぁ。この時期のパンガーの料理は最高ですよぉ」

「パンガー?」

言いかけたとき、突然、背後でバターンと大きな音がした。玄関の扉が開き、ロビーに突風が吹いてくる。

振り返り、清人は思わず息を呑んだ。

真っ白な長い髪をなびかせて、二メートル近い長身の大男が立っている。まるで、歌舞伎に登場する連獅子だ。しかも男は肩に猟銃をかけ、両手に大きな鴨を持っていた。

近づいてくると、男はじろりと清人をにらみつけた。

その両の眼の色が違う。片方は澄んだ水色で、もう片方は驚いたことに金色だ。

「パンガー、すごい大猟」

フロントの女性が、満面の笑みを浮かべる。パンガーというのは、この大男の名前らしい。

「旦那さまぁ、今夜はパンガーの狩猟料理ですよぉ。しっかり精をつけなきゃねぇ」

女性が再び背中を丸めてくっくと笑い始めた。

ゲーム料理とは、狩猟で仕留めた新鮮な獲物を用いた料理のことを言うのだそうだ。

この山亭の料理長、パンガーの故郷のアイルランドでは、野生動物が丸々と太るこの季節、二本脚代表の鴨と、四本脚代表の猪の肉を両方テーブルに載せるのが冬の伝統なのだと、女性は説明を加えた。

そう聞くと、急に空腹を覚えた。

智美と暮らすようになってからはもっぱら魚ばかりで、久しく肉を食べていない。しかも狩ったばかりの新鮮な肉なんて、生まれてこの方、食べたことがなかった。

「そうと決まったら、さっさとチェックイン手続きしちゃってくださいよぉ。人違いのことは、黙っててあげますからぁ」

女性が清人の肘をつつき、こそこそと囁く。

「でも、俺、〝旦那さま〟の名前、知らないよ」

「内緒で教えてあげますからぁ」

清人たちが声を潜めて話しているのを、パンガーは興味なさそうに一瞥すると、大股でロビーの奥へ去っていった。

「ほら、早くサインしちゃってくださいよぉ」

メモを渡され、清人は自分の眼を疑う。

読めない。

そこに書かれているのが、漢字であることは分かる。しかも、難しい漢字ではない。

それなのに、どうしても読めない。

急に、識字障碍にでもなったような気分だった。

「他の人にばれないうちに、早く早く」

フロントの女性にせかされ、清人は脂汗を流しながら、読めないながらになんとかその名前を写し取った。

ボーン　ボーン　ボーン　ボーン
重い音が四つ鳴る。大きな柱時計が午後四時を告げていた。

随分と寝過ごしていたんだな……。

清人がぼんやりと柱時計を見やると、文字盤の下の扉が開き、内部からなにかが出てきた。

金色の皿の上に載り、くるくると踊っているのは中国風の衣装を着た美女の人形だ。

しかしよく見ると、簪（かんざし）に飾られた頭からは小さな耳が、小作りの顔からは三本のひげが生えていた。

「なんだ、あれ」

「金華猫（きんかびょう）ですよぉ」

女性がなんでもないように答える。

「きんかびょう？」

「中国の伝承に登場する猫です」

それは、日本の招き猫のようなものだろうか。

清人はサインを終えた宿泊者カードを、フロントの女性に差し出す。

「ねえ、君はなんでこんな山奥でバイトしてるの？」

ふと、好奇心に駆られて聞いてみた。

「バイトって言うか……。修業だから」

修業とは、これまた随分大仰な言い草だ。そのくせ、ちっとも熱心には見えないが。

「私たち、皆、会いたい人がいるんですよぉ。その人を迎えにいくために、ここで働いてるんです」

ずっと剽軽（ひょうきん）だった女性が、ほんの少し神妙な顔つきになった。

「ふーん」

なにかいきさつがあるのかもしれないと思いつつ、清人はそれ以上尋ねるのをやめた。ここまできて、のっぴきならないような話を聞くのは嫌だった。

チン、と小さな音を立てて、くるくると踊っていた金華猫が、時計の体内に戻っていく。

一瞬、金華猫の艶（なま）めかしい細腰が、昨夜の女主人のそれと重なった気がした。

白樺（しらかば）の木立の向こうに、青く光る湖が見える。

深い霧が立ち込める中、清人はベンチにもたれて湖を眺めていた。山亭に迷い込んでから瞬く間に数日間が過ぎた。本物の〝旦那さま〟は未だに現れない。

行く当てもない清人は、生来の自堕落さが出て、ずるずると滞在を続けていた。

フロントの女性が言っていた通り、アイルランドからやってきた料理長、パンガーの狩猟料理は絶品だった。ピンク色の鴨肉はしっとりと柔らかく、真っ白な脂が驚くほど甘かった。塩漬けにした猪の肉にも臭みはまったく感じられなかった。

隠し味にギネスビールを使うというビーフシチュー、マッシュポテト入りのパンケーキ、ブランデーを垂らして食べる熱々のプディング……。どれもこれも、清人が初めて味わう美味ばかりだった。

だが――。

毎日、あれだけご馳走を食べて、あれだけ豪華なベッドで眠っているのに、なぜかすこぶる体調が悪い。

初日の晩以来、女主人の姿は見かけないが、毎晩、誰かが入れ代わり立ち代わり自分の部屋へやってきている気がする。一晩中胸の上が重く、翌日目覚めたときには、げっそりと疲れ切っているのだ。

今朝、鏡に映る自分の顔に清人は仰天した。

油性ペンで塗ったように、眼の下が真っ黒になっていた。

〝旦那さま、それヤバいんじゃないすか〟

茶髪のボーイが、さすがに心配して声をかけてきた。それからフロントの女性とこそこそ相談し、近所に疲労回復に効く温泉があると教えてくれた。

〝だから、ねえさんが吸いすぎなんすよ〟〝あんたこそ、散々吸ったくせに〟

出がけに妙なことを言い合っていたが、二人が清人の体調を案じてくれているのは、一応間違いがないようだった。

湖を巡る遊歩道を渡っていくと、その温泉はあるらしい。しかし、たかだか十五分ほど歩いただけで息が切れて、清人は途中のベンチに座り込んでしまった。

青く澄んだ湖面の上を、数羽の鴨が滑るように泳いでいる。

そのとき、向こうの山奥からズダーン！　と銃声が響き、異常を察した鴨がばたばたと飛び立った。今日も、パンガーが狩猟(ゲーム)をしているようだ。

一瞬、獲物を撃ち抜くパンガーの幻影が脳裏をよぎる。

金色の瞳で照準を合わせ、容赦なく猟銃の引き金を引く。

湖の上を野鳥の羽根が漂っているのに気づき、清人は少し申し訳ないような気分になった。

考えてみれば、食事というのは、他の生き物の命を奪う行(おこな)いだ。自分たちの身体は、動物や、魚や、植物や、穀物の命によってできている。

でも、他の生物の命を奪うに値するほど、清人は自分の命を生きているだろうか。

なにもかもがうんざりなのに。

ぐったりとベンチにもたれかかっていると、どんどん憂鬱になってきた。

どうせ、この先どこへもいけない。いっそ眼の前の冷たそうな湖に身投げしてみようか。今の体調の悪さなら、簡単に溺れ死ぬことができそうだ。

投げ遣りに周囲を見回し、清人はハッとした。

湖畔の草むらに、五歳くらいの小さな女の子が座っている。

この一帯に迷い込んでから、山亭のスタッフ以外の人に、初めて会った。しかし、なぜ小さな女の子が、たった一人でこんなところにいるのだろう。しかも、酷く薄着だ。清人がダウンジャケットを着込んでいるのに、女の子はひらひらしたシャツと、オーバーオールしか着ていない。

眼が合うと、女の子は人懐こい笑みを浮かべた。なぜか清人は、その笑顔をどこかで見たことがある気がした。

「あのね」

清人が茫然と見つめていると、女の子のほうから声をかけてきた。

「お母さん、待ってるの」

「お母さん？」

「うん」

女の子が元気よく頷く。

「お母さん、ここ、好きなの」

女の子は無邪気な笑みを浮かべた。女の子の姿が、幼い頃の自分に重なる。

その瞬間、清人の中に、むかむかと不可解な苛立ちが湧いた。

「お母さんなんて、こないよ」

気づくと、清人は冷たく吐き捨てていた。

「くるよ」

すかさず女の子が言い返す。

「お父さんにせっかんされたとき、お母さんと一緒にここへきたの。また、絶対こようねって約束したもの」

「せっかん？」

それが〝折檻（せっかん）〟であることに気づくのに、少し時間がかかった。女の子自身、意味も分からずに口にしているようだった。

折檻をとめてもくれないお母さんを、なぜそんなふうに信じていられるんだ。

なんの疑問も抱いていない女の子の純粋な眼差しが、ますます清人の神経を逆撫でする。

「そんなお母さん、くるものか」

騙されているんだ。大人は皆勝手で嘘つきで、自分のことしか考えていない。信じれば、傷つくだけだ。胸の奥に、一生ふさがらない穴が空く。

「お母さんはこない。どれだけ待ったって、絶対にこない。こないんだよ！」

大声で怒鳴り、清人はようやく我に返った。

大きく見開いた女の子の瞳から、ほとほとと涙があふれる。怯え切った女の子は、声も出さずに泣いていた。

俺は、なんてことを……。

一時の激情に駆られて個人的な恨みを幼い女の子にぶつけてしまったことを、清人は激しく後悔した。

同時に悟る。

きっとこの子は、声を出して泣くことができないのだ。声をあげれば、誰かに折檻されるから。

「ごめん」

ベンチから立ち上がり、清人は女の子のもとへ駆け寄った。

「お母さんはくるよ」

冷たい身体を、しっかりと胸に抱きしめる。びっくりするほど、細く、弱々しい身体だった。

「大丈夫。お母さんは、必ずくるからね」

女の子が震えていることに気づき、清人はダウンジャケットを脱いだ。華奢な身体をくるんでやると、女の子が涙を一杯に溜めた瞳を上げた。

「本当？」

「本当だよ」

清人は強く頷く。女の子がようやく安心したように、泣き濡れた瞳のままで笑みを浮かべた。

「これ、あげる」

女の子がオーバーオールのポケットの中から、なにかを取り出した。よほど暑いところに放置しておいたのか、包み紙の中ですっかり溶けて変形してしまったキャラメルだった。

「ありがとう。いい子だね」

清人は受け取り、それをジーンズのポケットに大事にしまう。女の子が心底嬉しそうな顔になった。

女の子の髪を撫でていると、徐々に頭の中がぼんやりとしてきた。眼の前の青い湖に、すうっと意識が吸われたようになる。

ズダーン！

山奥から銃声が響き、清人は大きく息を呑んだ。

閉じかけていた目蓋（まぶた）を開くと、清人は一人でベンチにもたれかかっていた。短い夢を見ていたようだ。先ほどまで現実と区別のつかなかった夢が、するりと尻尾（しっぽ）を隠していくのを清人は感じた。するすると為（な）す術（すべ）もなく消えていく。

一体、どんな夢だったっけ――。

もう、すべてがあやふやだ。

ふいに寒気に襲われ、ぶるっと身震いする。霞（かすみ）がかかったようだった頭がはっきりしてくると、ダウンジャケットを着ていないことに気がついた。

ふと、誰かにダウンジャケットを着せかけた感覚が甦る。けれど、同時に、初めからダウンジャケットは着ていなかったようにも思えるのだ。

寒さに歯の根が合わなくなる。

早く温泉に浸（つ）かろうと、清人はベンチから立ち上がった。

それから間もなくたどり着いた温泉は、脱衣所だけは男女に分かれていたが、入ってみると、間仕切りもない混浴の岩風呂（ぶろ）だった。

鉄分が含まれているのか、湯の色がまるで血のように赤い。

少々気味が悪かったが、恐る恐る浸かってみれば、丁度いい塩梅の湯加減だった。両手足を伸ばし、清人は大きく深呼吸する。茶髪のボーイと、フロントの小太りの女性が言っていたことは本当だ。ずっと蓄積していた倦怠感が抜けて、全身に精気が甦ってくるようだった。

少しずつ空が暗くなり、東の針葉樹林の梢の先に大きな満月が昇り始めている。月見風呂と洒落込もうと、清人は大きな丸石の上に肘をついた。

ぱしゃりと背後で微かな音が響き、血のように赤い湯がさざ波を立てる。視線をやった瞬間、清人の胸がどくりと音をたてた。

湯気の向こうに、白いしなやかな裸体が見える。

長い黒髪を簪で一つにまとめた女主人が、赤黒い湯の中を静々と進んできた。

ふと、金の皿の上でくるくると踊っていた金華猫の姿がそこに重なる。

「旦那さま……」

気づいたときには細い腕が、清人の首に回されていた。長い睫毛の下の黒曜石を思わせる瞳が、じっと自分に注がれる。真っ赤な湯に沈む豊満な胸から、麝香のような匂いが立ち上った。

なんて美しい女だろう。

目くるめく欲情が、清人を襲う。清人は女主人を抱き寄せて、その顎に手をかけた。

唇を重ねようと顔を近づければ、ひらりと避けられる。

「旦那さま、本当にいい匂い。怠惰な若さにあふれて素晴らしい……」

耳元で囁くなり、女主人は赤い唇から小さな舌を出して、清人のうなじをべろりと舐めた。

ざりっ！

やすりでこすられたような鈍い痛みがうなじを走り抜ける。

「いてっ」

清人は思わず女主人を突き飛ばした。

月明かりに照らされた女主人の顔が眼に入り、ぞっと総毛だつ。

耳まで裂けた口元からはだらりと長い舌が垂れ、見開かれた眼球の瞳孔が細い針状になっている。おまけに頬からは、針金のような鋭いひげが何本も生えていた。

シャーッ！

大きく開いた赤黒い喉の奥から、鋭い音が発せられる。

「うわぁあああああっ！」

清人はお湯を撥ね飛ばして、後じさった。

髪を振り乱した女主人の耳元で、金色のピアスが月光を反射してぴかっと光る。

瞬間、清人は悟った。

駐車場で見た、山亭の屋根の上に乗っていたなにかはこいつだ。この女主人は、化け物だ。

「くるな、くるな、くるなぁっ！」

半狂乱になって叫びながら、清人はお湯から飛び出した。脱衣所で服をひっつかみ、全速力で地面を蹴る。

我武者羅に駆けていくうちに、清人は異変を感じた。湯に浸かった身体から、茶褐色の毛が生え始めている。もさもさとした毛が見る見るうちに全身を覆い尽くし、清人は見知らぬ獣に変身していく。

「獲物だっ」

背後から、咆哮するような声が響いた。

「獲物を逃がすなっ」

懸命に逃げながら、ちらりと後ろを見ると、長い黒髪をうねるように逆立てた女主人と共に、いつの間にか、山亭のスタッフたちが迫ってきていた。全員が眼を爛々と光らせて、長い舌を垂らして追ってくる。

「獲物だ！　獲物だ！　獲物だ！」

茶髪のボーイも、フロントの女性も、料理長のパンガーも、声をそろえて叫び始めた。

真っ白な髪をなびかせたパンガーが、肩から猟銃を外し、金色の眼を眇めて清人に照準を合わせる。

「パンガーはパンガーの仕事をする。獣は血となり肉となり、獣の仕事をするべきだ！」

ズダーン！

耳をつんざく音が響き、弾がかすめる。

毛むくじゃらの獣となった清人は、つんのめりながら必死に逃げ場を探した。

「あれぇ、どこへ行くんですかぁ、旦那さまぁ」

フロントの小太りの女性が、からかうような声をあげる。

「ゲーム料理にしますかぁ、それとも保険金をもらいましょうかぁ。綿引清人の旦那さまぁ」

打ち明けていなかったはずの本名を呼ばれて、清人はぎょっとした。

「旦那さまが、ご自分でサインしたんじゃないですかぁ」

フロントの女性がこれ見よがしに突き出しているのは、清人の名前が書かれた保険の契約書だった。あのとき自分がサインをしたのは、宿泊者カードではなかったのか。

「どうせ要らない命でしょう？　後、何十年も生きるの、まっぴらなんですよねぇ？　だったら、私たちにもっと吸わせてくださいよぉ」

女性に続き、ボーイもあっけらかんと叫ぶ。

「魚風味の旦那さまの精気。まじ、ヤバい」

やめろ、やめろ。

清人は逃げながら耳をふさいだ。逃げるだけの獣は嫌だ。狩られるだけの獣はごめんだ。

なにを言う。

悪魔のような笑みを浮かべた黒髪の主が、頭の中で牙をむく。

全部、聞いた。夢の中で全部、お前の本音を聞いた。

要らない若さ。生きたくない命。だったらもらう。全部もらう。食料に換える。金銭に換える。そのほうが有意義だ。髪の毛一本も無駄にしない。五臓六腑を味わい尽くし、骨の髄までしゃぶり尽くし、なにもかも吸い尽くしてやる。

「逃がすものかぁあああああっ」

何本もの爪と、牙が追ってくる。

再びパンガーが猟銃を構え、今度こそ照準が、ぴったりと清人の頭部に合わせられた。

もう、駄目だ――。

観念した清人が目蓋を閉じてうずくまった瞬間、腕に抱えていたジーンズからなにかがぽろりと零れ落ちた。溶けかけたキャラメルの粒だった。

その刹那、追ってきていた黒い気配が一瞬にしてすべて消え失せた。

しんとした闇が清人を包み込む。

眼をあけたいのだが、もうその力が残っていなかった。銃弾が当たり、既に自分は死んでしまったのかもしれない。

清人、清人、清人っ……。

遠くで誰かが自分を呼んでいるような気がした。聞き覚えのあるこの声は——。

「清人、清人、お願い、眼を覚まして。清人ってば！」

はっきりと声が聞こえ、清人はうっすらと眼をあける。

四角い化粧板を並べた、真っ白な天井が見えた。蛍光灯の明かりに、清人は眼を瞬かせる。

「清人！」

そこへ覆いかぶさるように、智美が身を乗り出してきた。

「よかった、清人が眼を覚ました」

智美の声に、周囲で人がばたばたと動き出す気配がした。

「清人、ごめんね。殺すとか言って、脅かして。本当に、ごめん」

清人の手を握り、智美がぽろぽろと涙を流す。

「本当に死んじゃうかと思ったよ。意識が戻ってよかった」

腕に点滴の針が刺さっているのを、清人はぼんやりと眺めた。鼻にも管が通っている。

どうやら自分は、病院のベッドの上にいるようだった。

◆

大型鋸機械で、冷凍された鮪の頭を一気に切り落とす。

頭まですっぽりとくるむ白い衛生服に身を包んだ清人は、次々と運びこまれてくる冷凍鮪や鰹の頭と尾をひたすらに切り落としていた。隣では、それを四つ割りにカットする作業が行われている。

鱗や内骨を取り除く細かい作業は女性スタッフが当たることが多いが、常に温度が十度以下に保たれているこの工程で働いているのは主に初老の男性だった。

水産加工工場での作業で一番つらいのは、この冷えかもしれない。

ようやく休憩時間に入り、清人は加工室の外に出た。私服に着替え、近所の定食屋に昼食を食べに行く。年の瀬に向けて、工場はこれからますます忙しくなるらしい。

表へ出ると、強い北風が吹きつけた。

ブルゾンのポケットに手を突っ込み、清人は背中を丸めて歩く。

倉庫に野良猫の姿を見かけ、ふと足が止まった。運び込まれてくる海産物のおこぼれを頂戴(ちょうだい)しようと、この辺りはいつも野良猫たちがうろうろとしている。

あの山中での出来事は、一体なんだったんだろう。

気ままに闊歩(かっぽ)する猫を眺め、清人は考え込んだ。

智美に「殺す」と脅されて、アパートから逃げ出した晩、清人は隣の県の山奥で冬の嵐に遭い、土砂崩れに巻き込まれた。翌朝発見されたときには、車ごと、土砂に埋もれていたらしい。

では、あの山亭での出来事は、すべて吹雪の中で見た幻覚か。

しかし、それにしてはあまりに生々しい記憶がいくつも残っている。

黒曜石のような瞳を光らせた美しい女主人の顔を思い浮かべると、清人は今でも背筋がぞっとした。

金華猫——。

その言葉も脳裏に焼きついている。

後に調べたところ、金華猫とは、中国浙江(せっこう)省の金華州に棲(す)むと伝えられている猫の妖怪変化のことだった。金華猫は月光を口から吸い込んで艶(あで)やかな美女に変身し、人間の男をたぶらかして精気を食らい、最後には衰弱死に追い込むという。

しかも、清人が迷い込んだあの一帯は、猫魔ヶ岳といい、古くから山に入った猫たちがあやかしになるという伝説が伝わり、近くの神社では猫の姿を描いた札までが発行されているらしかった。

バカバカしい……。

あまりに荒唐無稽な空想に、清人は首を横に振る。大昔ならともかく、今や令和の時代だ。

やはりすべては、夢幻の類だろう。

しかし、いささか不可思議なことがある。

あの日、ダウンジャケットを着てアパートを出たはずなのに、車中で見つかった自分は、トレーナーしか着ていなかった。よく低体温症にならなかったものだと、医者からも首を傾げられた。

それに――。

清人はそっとうなじを撫でる。ここにも奇妙な烙印のようなものができた。

あれ以来、智美とは淡々と暮らしている。

子どもの認知の話も、保険の話もしていない。

悪阻の酷い智美に代わり、清人は仕方なく水産加工工場で働くようになっていた。

毎日大型鋸を扱ううちに、智美が保険にこだわったのは、このせいもあるのかなと考えた。

今までのようにいい加減な気持ちでいると、大怪我を負いそうだ。

自ずと、清人は集中して仕事をするようになった。

やっぱり、お母さんはこなかったよ……。

無心になって作業をしていると、我知らず誰かに語りかけていることがあった。話しかけている相手が誰なのかは、自分でもよく分からない。

入院中、清人は密かな期待をしたが、やはり母親は一度も見舞いにこなかった。その代わり、毎日智美が傍にいた。時折、祖母が顔を見せることもあった。

祖母は相変わらず無愛想だったが、黙ってべっ甲色の干し芋を置いていった。

そう言えば、子どもの頃もよくこれを食べさせられたっけ。

俺、干し芋、嫌いなんだけどね……。

思いつつ口に入れると、意外にも懐かしい味がした。

母に捨てられてから、自分には誰もいないように思ってきたけれど。

俺にはこの人たちがいたんだなと、今更ながら、そんなことをぼんやりと考えた。

この先、自分がどうするかは分からない。相変わらず、未来に希望は持てないし、生まれてくる子どものよい父親になれるとも思えない。

逃げたい、逃げたい、逃げたい――。

今でも、時折、なにもかもを投げ出したい衝動に駆られる。

しかし、そのたびに、うなじに残された烙印が疼くのだ。清人は再びうなじに手をやってみた。

この烙印に似たものもまた、なにかの保険なのだろうか。

事故以来、うなじの一部に、茶褐色の獣のような毛が生える。何度剃っても、同じ場所に生えてくる。

西洋からやってきた保険という概念は、当初、〝うけあい〟と日本語訳されていたらしい。

うけあう――それはなにかを果たすという意味だ。

幼い清人を引き受け、専門学校の学費も出してくれた祖父母にも、悪阻に苦しみながらも入院中、身の回りの世話をしてくれた智美にも、自分はなに一つ果たせていない。

山亭の主たちが、口々に言っていた「いい匂い」というのは、しみついた魚の臭いだったろうか。それとも、一つも確かなものを果たすことなく、ひたすらに浪費されていく若さが放つ腐臭だったろうか。

黒髪の女主人のやすりのような舌の感触が甦り、清人の背筋に震えが走った。

もしも、もう一度ここから逃げ出したなら、うなじから生えた獣の毛が全身を覆い、自分はまたしても彼らの〝獲物〟になるのかもしれない。

今度こそ必ずや狩猟を果たしてやると宣うために、彼らは自分に烙印を残したのかも分からない。

猟銃の照準が、ぴたりと自分に合わせられている気がした。

〝我々は見ているぞ〟

ふいに背後で声がして、清人はぎくりと振り返る。

魚の尾ひれを狙う野良猫の中に、一匹の黒猫が交じっていた。琥珀のような金色の瞳でじっと清人を見つめた後、黒猫はしなやかな足取りで、倉庫の外へと去っていった。

第三話　抗う女

どこまでも続く針葉樹の森は、昼間でも薄暗い。

まだ早すぎるかと思いつつ、寺本由香子はヘッドライトをつけた。

三月も半ばを過ぎ、都心では桜が咲き始めているが、東北南部の山中は、未だ早春の趣だ。雪こそ残っていないものの、常緑樹以外の木々は冬枯れたままだった。

しかし、これが国道だというのだから恐れ入る。

曲がりくねった一本道は、対向車がきたら本当にすれ違えるのかと危ぶまれるほどに狭かった。日本の地方には、存外こういうところが多い。

一部の都市だけが開発を重ねてメガロポリス化していくのに対し、杉やカラマツの森に覆われた地方の村落は、どんどん置いていかれる。

別にそれは、地方に限った話ではないか……。

「警笛鳴らせ」の標識を横目に、由香子はぼんやり考える。

東京都内にだって、取り残されている場所はある。東京のすべてを、都会だと思ったら大間違いだ。

たとえば、自分の生まれた〝村〟。

由香子の脳裏に、同じく針葉樹の森に覆われた村落が浮かんだ。

今となってはそんなこと、どうでもよいのだけれど。

大学進学と同時に、閉塞感のあるあの場所からは脱出した。以来、正月ですら、滅多に実家には帰っていない。

由香子はブレーキを踏みながら、ほとんど先の見えない急カーブを慎重に曲がる。

小回りの利くミニ・クーパーに乗ってきたのは正解だった。もともと由香子は運転があまり得意ではない。助手席に乗っているほうが安心だ。しかし、二年前、留学先から帰国するのと同時に離婚してから、誰かの助手席に座ることは滅多になくなった。

一人で車を運転しなければならなくなったとき、どこへ行くにも便利だとディーラーから薦められたのが、白のＢＭＷミニだった。

由香子は自分の退職金で、この外車を買った。由香子の留学中、複数の女性たちと散々浮気を繰り返していた夫からの慰謝料には、未だに手をつけていない。

あんなお金、一生使いたくない。

それでも慰謝料をもぎ取ったのは、「こっちがもらいたいくらいよ」と嫌みを吐き捨てた義母に、むかっ腹が立ったからだ。

でも、そのうち、そんなことを言っていられなくなるかもしれない。

バックミラーに映る自分と眼を合わせ、由香子は小さく息をつく。

仕事がない。

留学先のロンドンから戻って以来、二年近く、まともな仕事にありついていない。

最近は、起業の準備のために開設した公式ブログの閲覧数（ページビュー）も下がるばかりだ。

ステアリングを握ったまま、由香子はミラーに映る自分の顔を、見るともなしに眺めた。

綺麗（きれい）にカラーリングされた髪の艶（つや）も、染み一つない白い肌の透明感も、大手マーケティング会社の広報担当として活躍していた時期から変わらない。

注目すべき女性（リマーカブルウーマン）として、ビジネス誌や女性ファッション誌の誌面を飾ってきた美貌（びぼう）は、四十歳になった今だって、充分保たれているはずだ。それだけの努力はしている。

日々の顔筋マッサージは欠かしたことがないし、ピラティスやヨガもインストラクターの資格を取るまでに鍛錬した。

昔から、由香子は人目を引く子どもだった。「あの親から」と周囲が訝（いぶか）しむほど、幼い頃から目鼻立ちが整っていた。鳶（とんび）が鷹（たか）を生んだという近所での評判を、両親がどう思っていたのかは、未だによく分からない。

もちろん、容貌だけではない。勉強もスポーツも、常にクラスで一番だった。もっとも、由香子の通っていた学校のクラスに、たいした人数はいなかったが。

由香子の実家のある村落には、学習塾の類がなかった。高校生になると、由香子は通信教育で猛勉強し、東京の名門私立大の英文科になんとか進学した。

クラスメイトは裕福な家の子女ばかりだった。留学経験や、都内の自宅の豪華さなど、生活水準の違いに落ち込むことも多かったが、持ち前のバイタリティーで、由香子はクラスメイトたちに食らいついていった。田舎育ちを悟られまいと、ファッション誌や美容雑誌を熟読し、学業以外のセンスも抜かりなく身につけた。

子どもの頃から、努力をすることが苦になるタイプではなかったのだ。

恵まれた容姿と、努力を惜しまぬ根性を武器に、誰よりも熱心に勉学に励み、特待生となって返済不要の奨学金を勝ち取り、大学のミスコンテストで準優勝を果たし、卒業する頃には才色兼備という称賛を得るまでになった。

就職超氷河期と呼ばれた二〇〇〇年代の初めに、大手マーケティング会社に入社することが決まったときは、天にも昇る気分だった。

これで自分は勝ち組だ。心からそう思った。

もちろん、入社以降も努力は怠らなかった。英語の他、中国語の勉強にも力を入れ、三年後には、会社の顔である社外広報担当に抜擢された。

〝女はいいよな。顔だけで目立てて〟

同僚の男性からはそんなことを言われたが、ただの嫉妬だと取り合わなかった。努力は絶対に報われる。

当時の由香子は、そう固く信じていた。努力に培われた実力さえあれば、道は必ず拓けるのだと。

最初のうちは、本当になにもかもが順調だった。

会議でも、自分の意見がどんどん通る。自分は会社から期待され、一目置かれている。

由香子はますます張り切り、同時に貪欲になった。やがては、広報の仕事だけでは飽き足らなくなってきた。

海外ブランチで仕事がしたい。

年齢と経験を重ねるうちに、由香子はそう考えるようになっていった。なんのために語学の習得に力を入れてきたのか。それは、プレス用のリリース原稿を、多国籍メディアの前で読み上げるためだけではなかったはずだ。

しかし、海外ブランチへの異動願を出したとき、由香子は直属の上司から意外な言葉を投げつけられた。

〝帰国子女でもないのに、随分生意気だね〟

なんでもないように、上司はそう呟いた。

生意気。

その響きが、しばらく耳から離れなかった。

なぜ？

会社は自分に一目置いてくれているのではなかったのだろうか。由香子は、自他共に認めるリマーカブルウーマンのはずなのに。

しかしその答えは、三十歳を過ぎた頃から、じわじわと明らかになっていった。

二十代の自分が広報担当として重宝がられていたのは、マーケティング会社の取引先企業に、所謂F１層――二十代から三十代前半の女性――をターゲットにしたメーカーやイベント会社が多かったからだ。

見るからにF１層代表の由香子に女性向け商品やイベントのマーケティングコンセプトを語らせれば、それだけで説得力が増す。会社が重要視していたのは、由香子自身の実力ではなく、由香子が纏う輝く若さと、主たるターゲットとの整合性だった。

そう気づいてから周囲を見まわすと、由香子が勤めるマーケティング会社の広報担当の女性は、全員三十五歳以下だった。

かつて社外広報として華々しく活躍していた多くの先輩女性が、三十半ばを過ぎてから、地味なデータ管理の部署に追いやられていることを知り、由香子は背筋が冷たくなった。

あれが、私の未来なのか。

これまで積んできた努力を、〝生意気〟などという言葉以外で評価してくれる上の人は、誰もいないのか。

それでも自分は例外なはずだと、由香子は海外ブランチへの異動を目指して足掻き続けたが、三十五歳になったとき、まったく希望と違う子会社への出向を命じられ、心がぽきりと折れた。

たまたま知り合った、大手広告代理店勤めの元夫と衝動的に結婚してしまったのは、丁度この時期だ。結局由香子は、結婚退職という形で会社を離れた。

使い勝手が悪くなって捨てられたのではなく、自分から辞めたのだ。

当時はそう考えようと努めていた。

いつの間にか唇を嚙み締めていることに気づき、由香子は首を横に振る。

こんなことを思い出すために、遠出してきたわけではない。

この日、由香子は一人で東京を抜け出して、一日一組限定の隠れ宿を目指していた。よく当たると評判の方位学の易者から、この時期、開運の方角にある宿を、厳選してもらったのだ。三月半ば以降に訪れる東北南部が、由香子にとって最も仕事運がよくなる方角だった。

土地のものを食べ、土地の湯に浸かることで、一層強い霊験を得られるという。

占いなんてバカバカしいという向きもあるだろうが、縋れるものなら、なんにだって縋りたい。実際、易者からの助言で道を切り拓いた友人を、由香子は何人か眼にしていた。

十三年間勤めた大手マーケティング会社からは、それなりに退職金をもらうことができた。

それを元手に、由香子は今度こそ、自分の実力で道を切り拓こうと頑張っている。

初めて社会人留学し、ロンドンで若い学生たちに交じって本場の英語を学んだ。通訳案内士の国家資格も取り、帰国後すぐに、高収入が売りの人材バンクにいくつか登録を済ませた。活躍して、自分を使い捨てにした元会社の上司たちの鼻を明かしてやるつもりだった。

ところが、いざ蓋をあけてみると、まともな仕事が一向にこなかった。

大手企業の広報だったときには、リマーカブルウーマンと散々もてはやされたのに、会社から離れた途端、どれだけ履歴書に資格やキャリアを並べても、人材バンクからの音沙汰はない。

〝ブログ見たけどさぁ、お前、あれじゃ受けないよ〟

起業への道のりを綴り、ゆくゆくは出版したいと目論んでいるブログを見たかつての同僚が、わざわざ嫌みな連絡を寄こしたことがある。

〝一体、いつまでF1目線でいるんだよ。アラフォーっつったら、F2だろ？　ドラマのキャスティングを見てみろよ。アラフォーは、大抵母親役だぞ〟

以前も、由香子を〝顔で目立っている〟と腐した同僚は、あきれたようにそう言った。

ロンドンではさして自分の年齢を気にしたことはなかったが、しかし、そう言われてみると、日本のテレビドラマで描かれる四十代は、大抵、子持ちの主婦か、よくても働く母親（ワーキングマザー）だ。

〝アラフォーで語学留学とか、お前程度のキャリアじゃ、中年モラトリアムにしか見えないんだよ。そういう自分大好きな意識高い系のブログって、バブルの時代ならともかく、今どき気持ち悪いぞ。お前もマーケティング会社の元広報なんだから、それくらい分かれよ〟

これだから、見てくれだけで仕事してきた女は……と鼻先で笑われ、由香子は内心憤慨した。由香子の輝く若さと見てくれをいいように利用したのは、会社のほうではないか。

〝まあ、俺でよければ、いつでも相談に乗るけどさ。今度二人でゆっくり飯でも……〟

同僚の声が粘り気を帯びてきたところで、由香子は電話をたたき切った。

上司の顔色を窺（うかが）うことばかり得意な元同僚に頼るほど、落ちぶれたつもりはない。

しかし自分のブログの閲覧数が、子育てエッセイブログの遥か下にランキングされているのを見たときは、同僚の言葉が裏打ちされたようで、落胆を覚えずにはいられなかった。

〝その歳で留学なんて計画してる暇があるなら、不妊治療のこと、ちゃんと考えてちょうだい〟

そこに、叱責口調の元義母の台詞が重なった。

なぜ、誰も自分の努力を認めてくれないのか。語学だって、美容だって、必死に磨きをかけているのに。勉強して、資格を取って、家事をして、自分自身に手をかけていたら、正直、子どものことを考える余裕なんてない。

自分は出産よりも、己に磨きをかけることを選んだ。

それが間違いだとでも言うのだろうか。

努力は、報われるはずなのに……。

項垂れそうになり、由香子ははたと我に返る。いつの間にか、周囲に濃い霞が立ち込め始めていた。

真っ白な霞が瞬く間に針葉樹の森を包み、前方が見えづらくなってくる。これが、早春に立つ春霞というやつか。慌ててカーナビを確認すれば、宿はもう近くだ。

濃い霞の中、一本だけ、妙によく見える脇道がある。どうやら宿に続く私道らしかった。

安堵の息を吐き、由香子は細い脇道に入る。

脇道をしばらく走ると、やがて霞の中に、一軒の邸宅がぽつんとたたずんでいるのがぼんやりと見えてきた。邸宅を囲む石の壁に近づくと「山亭」と書かれた看板が眼に入る。

山亭――？

由香子は微かに眉を寄せた。

予約をした宿は、そんな名前だったろうか。

思い出そうとすると、なぜか頭の中にまで霞がかかったようになる。

由香子は車の速度を落とし、コートのポケットからスマートフォンを取り出した。

予約確認をしようとしたのだが、インターネットへの接続ができない。よく見れば、圏外の表示が出ていた。

今どき、圏外なんて珍しい。

スマートフォンをポケットにしまい、由香子は肩をすくめる。

だが、たまにはインターネットの情報の海から解き放たれるのもいいかもしれない。

デジタルデトックスというやつだ。

せっかくだから、思い切り羽を伸ばそう。久々の贅沢のつもりで、残り少ない退職金を取り崩して奮発したのだし。

易者の助言に従い、今回は二泊三日、たっぷり滞在するつもりだ。

ホームページの紹介によれば、一日一組の客を丁寧にもてなす、「大人の隠れ家」という触れ込みだった。地産地消の美味しい料理と、泉質抜群の出湯が自慢らしい。

ゆっくりと逗留し、縁起のいい土地の力を存分に取り込んで、巻き返しを図るのだ。

由香子は大きくステアリングを回し、駐車場に車を入れた。

車を降りると、ひんやりとした空気に全身を包まれた。山中の春はまだ遠いようだ。

コートの襟を掻き合わせ、由香子は周囲を見回した。

霞の立ち込める黒い森を背に、英国貴族の邸宅のような古いお屋敷がたった一軒建っている。周辺にはなにもない。隠れ宿とは聞いていたけれど、見事なまでの一軒家だ。

白い壁にはまだ冬枯れている蔦が這い、黒いスレート瓦の屋根が重々しい風情を漂わせている。

ホームページで見たときの印象とは大分違う。

もう少し、明るくてモダンな印象の宿だと思っていたのだが……。

ボストンバッグを手に、由香子は城壁を思わせる門をくぐった。

暗い空模様のせいかもしれないが、どことなく陰気で薄気味悪い。

第一、駐車場に車を停める気配がしたなら、スタッフが迎えに出てきてもよさそうなものだが。チェックイン時間は、事前に知らせてあるのだし。

至れり尽くせりの宿を期待していた由香子は、いささか不満に思いながら玄関の前に立った。重そうな扉に手をかけようとしたそのとき――。

バターン！

大きな音を立てて扉が開き、中から茶色い髪を振り乱した若いボーイが飛び出してきた。

正面衝突しそうになり、由香子は仰天して身をかわす。

ボーイが自分を迎えに出てきたわけでないことは明らかだ。頬のあたりを押さえながら、ボーイは門の外へまっしぐらに駆けていってしまった。

何事――？

恐る恐る扉の向こうを覗き、由香子は呆気にとられた。

白地に黒と褐色のまだら模様を散らしたプリント柄のワンピースを着た肉づきのいい女性が、真ん丸な眼を爛々と光らせて、ロビーに仁王立ちしている。

由香子を見るなり、小太りの若い女性は、「ふぅううぅっ」と低いうなり声をあげた。

「え……」

女性がこっちに向かってこようとしていることに気づき、由香子は思わず後じさる。

女性のショートボブの髪が、空気を含んだように逆立って見えた。

「ねえさん、ねえさん、落ち着いて。お客さんだよ！」

そこへ、逃げたはずのボーイが慌てた様子で戻ってくる。女性に引っ掻かれたのか、その頬には三本くっきりと蚯蚓腫れが浮いていた。

スタッフ同士で痴話喧嘩でもしていたのだろうか。

不満を通り越して、由香子はあきれた気分になってきた。

こんなプロ意識の低い従業員のいるところが、自分にとっての開運の宿だとは到底思えない。易者のいうことを鵜呑みにした自分がバカだった。

車に戻ろうと踵を返しかけると、ふっと腕が軽くなった。いつの間にか、ボーイが由香子のボストンバッグを手にしている。あまりの素早さにいつ奪われたのかも分からなかった。

「いやぁ、お客さん、いいところにきてくれましたよ」

まだ十代にしか見えないボーイが、耳元で声を潜めた。

「この季節になると、ねえさん、やたら気が立つみたいで。本当、参っちゃいますよね。こっちはなんにもしてないのにさぁ……」

蚯蚓腫れの浮いた顔で「へへへっ」と能天気に笑ってみせる。

冗談じゃない。

ボーイのくだけた態度に、由香子は一層興ざめした。

きっと遊び半分のアルバイトなのだろう。なにが、丁寧なもてなしの「大人の隠れ家」だ。

「バッグを返してください」

「いえいえ、お部屋までお運びします」

「結構です」

「なんでですか」

きょとんとするボーイを、由香子は冷たくにらみつけた。

「こんな非常識な出迎えを受けたのは初めてです。不愉快なんで、帰らせていただきます」

「いやぁ、やめといたほうがいいと思いますねぇ」

ところが恐縮するどころか、ボーイはいけしゃあしゃあと異を唱える。

「だって、ほら、見てくださいよ」

ボーイが指さすほうを振り返り、由香子は喉元（のどもと）まででかかっていた辛辣（しんらつ）な言葉を呑み込んだ。

視界が真っ白で、なにも見えない。

深い霞が、すっぽりと森を包み込んでしまっていた。

「春先は、たまにこうなっちゃうんすよね。こうなると、一メートル先も見えませんよ。車なんて、まじ、運転できませんって」

ガードレールもない、曲がりくねった狭い道を思い返し、由香子は不機嫌に黙り込んだ。

「お客さん、運がよかったっすね。山中でこれに襲われたら、ひとたまりもなかったですよ。それにこういう天気のときに限って、この周辺は熊が出るんすよ」

お気楽な調子で、物騒なことを口にしてくれる。

それならそうと、ホームページで注意喚起しておけばよいものを。

「でも、ご無事に到着してなによりですよ。こうなった以上、さっさとチェックインしちゃいましょう。ねえさんは使い物になりそうにないから、僕がちゃんと手続きしますって」

ボーイにへらへらと笑いかけられ、由香子は重ね重ねあきれた。

先ほど威嚇するかの如く自分に凄んでいた女性が、フロントスタッフだったのか。

お客にあんな態度を取る女性がフロント係を務めている時点で話にならないが、まるで芸人のように同僚を「ねえさん」呼ばわりし、由香子に対しても始終馴れ馴れしい態度を取っている、軽薄極まりないボーイも相当どうかしている。

期待していた「大人の隠れ家」が、まさかこんな宿だったとは。

事前に、口コミをもっとしっかり調べるべきだった。とりあえず今晩だけ我慢して、二泊目は絶対にキャンセルしよう。

あきらめの溜め息をつきつつ、由香子は渋々ボーイの後に続いた。

玄関をくぐってロビーに足を踏み入れると女性の姿は消えていて、それだけはホッとした。どっしりとした絨毯が敷き詰められた、外観同様の古めかしい空間が広がっている。

奥に暖炉が設えられたロビーの中央では、年代物の大きな柱時計が、かちりこちりと重厚な音をたてていた。

「それじゃ、ま、早速チェックインの手続きを」

フロントデスクの前に案内されて宿泊者カードにサインするうちに、由香子は奇妙なことに気がついた。いつの間にか、コートやショールがボーイの手に渡っている。一体、いつ脱がされたのか。素人臭いボーイだが、その仕草は意外なほどなめらかで素早い。なんだか怖いくらいだ。

少々不審に思いながら、それとなくボーイの様子を窺うと、今は由香子がサインするボールペンの先を異様なほど熱心に見つめている。

「あ……」

あまりに見つめられて手が滑った。ころころと転がったボールペンがフロントデスクから落ちかける。

その瞬間、フロントデスクをひらりと乗り越えたボーイが、床に落ちる寸前のボールペンをしかと受けとめた。

「へへへっ」

笑いながら差し出されたボールペンを、由香子は呆然と受け取る。異様なまでの動体視力と機敏さだ。

この人、やっぱりどこかおかしいんじゃ……。

思わず宿泊者カードへの記入を躊躇していると、ふいにロビーの雰囲気が変わった。

ぱちぱちと音がし、薪の燃えるいい匂いがする。奥の暖炉に火が入ったのだ。

ロビーの奥に視線をやり、由香子はハッとした。

赤々と燃える暖炉の火を背に、一人の長身の男性が立っている。

その男の顔を一目見るなり、由香子は視線を外せなくなってしまった。

胸まで届く漆黒の長い髪。暖炉の火に赤く染まる白い肌。片方の耳で、金色のピアスがきらりと光を放つ。

由香子は、我を忘れて男の姿を眺めた。

やがて、黒いスーツに身を包んだ背の高い男が、ゆっくりとした足取りでこちらに向かってくる。

切れ長の黒曜石のような眼が、じっと由香子を見据えた。魅入られたように、由香子は動くことができない。

「先ほどは、従業員が大変失礼いたしました」

由香子の前に立つなり、男は恭しく頭を下げた。絹のように艶やかな黒髪が、さらさらとその肩を流れる。

頭を上げると、男の薄い唇にゆったりとした笑みが浮かんだ。

「オーナー」

途端にボーイが嬉しそうに呼びかける。

由香子は魂が抜けたように、男の顔を見つめ続けた。近くで見れば見るほど、怖いほどの美貌の持ち主だった。

「どうぞ、こちらへ。山の春はまだ冷えます」

暖炉の前のソファを勧められ、ようやく我に返る。

「当山亭の薪は、よく乾いた林檎の木を使っております。どうぞ近くで、ほのかに漂う林檎の香りをお楽しみください」

宿泊者カードの記入を終えた由香子は、オーナーに促されるまま、暖炉の傍のソファに腰を下ろした。途端に全身からどっと力が抜けた。

慣れない山道の運転と、予期せぬ寒さで、気づかぬうちに身体が相当参っていたようだ。

「お客さまの荷物を部屋にお運びして」

オーナーがボーイに声をかけた。「うえーい」と品のない返事をして、ボーイが由香子のボストンバッグを手に、ひょいひょいと階段を上っていく。

小柄だが、妙に身体能力の高い少年だった。

「この暖炉が、山亭全体を暖める仕組みになっております。お部屋が暖まるまで、こちらで少しお休みください。ご不快へのお詫びに、お飲みものをご用意させていただきます」

オーナーの言葉が終わらぬうちに、先ほどの小太りの女性が、ポットを持って現れた。オーナーの手前か、打って変わって大人しくなっている。

「先ほどは失礼いたしましたぁ」

ポットから紅茶を注ぎながら、女性が三日月のように眼を細めてにぃっと笑った。まだ、髪が少しだけ逆立っているように見えたが、ベルガモットの香りが漂う紅茶は、なかなか丁寧に淹れてあった。

女性がサービスしてくれた熱い紅茶を飲むうちに、由香子の気持ちも徐々に落ち着いてくる。オーナーの美貌に惑わされたわけではないが、それほど酷い宿ではないような気もしてきた。ぱちぱちと音を立てて燃える暖炉からは微かに甘い林檎の香りが漂い、肌に吸いつくようなソファに座っていると、ゆるゆると疲労感がほどけていく。

ボーン　ボーン　ボーン　ボーン

ふいに、重い音が周囲に響き渡る。ロビーの中央に鎮座する大きな柱時計が、午後四時を告げていた。

文字盤の下の扉が開き、時計の内部から金色の皿に載ったなにかが出てくる。

へえ、からくり時計なんだ……。

興味を引かれ、由香子は眼を凝らした。ロンドンに留学していたとき、内部から小鳥や栗鼠が出てくるアンティークのからくり時計をいくつか見たことがある。

しかし、金色の皿の上に載っているのは、そんな可愛らしい小動物ではなかった。獲物を狙うように身構えている獣は、牡牛のようにも、熊のようにも見える。鋭い爪と長い尻尾を持ち、よく見ると、胸に豹を思わせる斑点が浮いていた。

「あれは、なんの動物ですか」

まだロビーに立っているオーナーに、由香子は声をかけてみた。

「ケット・シーの王ですよ」

オーナーが涼しい顔で答える。

「ケット・シー？」

「アイルランドに伝わる、王国を持つ猫妖精です」

猫妖精——。

アイルランドが数多くの妖精伝説を持つ国であることは知っていたが、そんな妖精がいたことを、これまで由香子は気にかけたこともなかった。

「ケット・シーの正体は、豹のように大きい黒猫で、胸に白い斑点を持つと言われています。けれどこの妖精たちには、実は面白い逸話があるのです」

オーナーが、切れ長の眼でじっと由香子を見つめる。

「よろしければ、お話しいたしましょうか」

カップをソーサーの上に置き、由香子は頷いた。

あんなからくり時計をロビーに置いているくらいだ。この山亭のオーナーは、そうした逸話に詳しい人物なのだろう。不思議なお伽噺や伝説の類を聞くのは、嫌いではなかった。

「では、失礼して」

長い黒髪を揺らし、オーナーが向かいのソファに腰を下ろす。すかさず、先刻の女性が新しい紅茶をサーブしにやってきた。

「王国を築く誇り高きケット・シーたちは、人語を解し、ときに衣装をまとい、二足歩行で集会を開き、互いに通じ合い、自分たちの政治を行います。しかし、普段ケット・シーたちは、平凡な家猫の姿で人間の暮らしに入り込み、自分たちが猫妖精であることを悟らせぬまま、じっと人間を観察しているのです」

紅茶を一口すすり、オーナーは続けた。

「あまりに巧妙に化けているため、人間には、普通の家猫とケット・シーの区別はつきません。けれど、人間が猫にむごい仕打ちをしたとき、ケット・シーは毅然として立ち上がり、それまで見てきたその人間の悪事や愚かさを、滔々と暴露すると言われています。罪の重さによっては、ケット・シーの王の裁判にかけられ、喉笛を食いちぎられて、死に至らしめられる場合もあるそうです」

オーナーの口元に、酷薄そうな笑みが浮かぶ。冷たい美貌が一層際立ち、由香子は背筋がぞくりとするのを感じた。

曇り一つない肌は真珠色に輝き、一分の弛みもなく張りつめている。

だけど、年齢が分からない。眼差しは老成し、物腰は決して若い人のものではない。

従業員同様、どことなく得体が知れないのは、宿の主人もまた同じかもしれなかった。

「しかし、このケット・シーの特徴こそ、猫そのものだという検証があるのです」

光るような視線を向けられ、オーナーの容色を窺っていた由香子は内心ぎくりとする。

「実は猫の持つ潜在能力は、約一万年前の野生のヤマネコだった時期から、ほとんど変わっていないのです。これは、人と共に暮らす動物の中では、極めて異例なことです」

ローテーブルの上に紅茶のソーサーとカップを置き、オーナーは長い指を組んで語り始めた。

曰(いわ)く、ほとんどの家畜は、人間に飼いならされた段階で、多くの野性を手放してしまうという。たとえば、豚は臼歯(きゅうし)が減少し、牛は角が縮小する等、考古学的に明らかな証拠があるそうだ。

特に、最も早くに飼いならされた動物と推測される犬に至っては、人間の庇護(ひご)のもと、現代のどの犬種がどのオオカミの子孫かを判断することが難しいほど、すっかり姿を変えてしまっているらしい。

それに反して猫は、動体視力、狩猟本能をはじめ、野生のハンターの身体能力を余さず保ち続けているのだそうだ。

猫の爪はカッターのように獲物を切り裂き、猫の牙(きば)は与えられた餌を咀嚼(そしゃく)するためではなく、狩った獲物の息の根をとめるためのみに存在する。

「実のところ人間は、そうと気づかぬまま、世にも獰猛(どうもう)な獣を身近に置いているのです」

自信たっぷりなオーナーの言葉に、由香子はいささか懐疑的な思いを抱いた。

「でも、猫って、日がな一日のんびり寝てるじゃないですか」

由香子の知る猫は、野生のハンターにも、獰猛な獣にも思えない。

「それは、その必要がないからです。猫は無駄なことはしないのです」

オーナーが取り澄ました表情で答える。

「能ある鷹は爪を隠すという諺がありますが、すべての能ある猫は爪を隠していると言えるでしょう」

由香子が納得できずにいると、オーナーは余裕の笑みを浮かべてみせた。

「要するに、猫は人間の観察者であって、飼いならされた他の動物とはわけが違うのです」

「……随分、猫がお好きなんですね」

思わず口にすれば、オーナーはフッと微かに鼻を鳴らした。言外に「お前はなにも分かっていない」と言われた気がした。

「好きなのではありません。ただの事実です」

ぱちりと薪が爆ぜ、赤い火の粉が巻き上がる。

由香子はじっと黙り込んだ。こんな話を聞かされると、これから先、猫を見る眼が変わってしまいそうだった。

空(から)になった由香子のカップに新しい紅茶を注ぎながら、オーナーが再び口を開く。

「恐らくアイルランドのケット・シーから派生したのでしょうが、同じくヨーロッパのイタリアには、人間を使用人として雇う猫妖精、ファザー・ガットの物語も伝えられています」

「猫が、人間を使用人にするんですか」

「さようです」

「それはちょっと、無理がある気がしますけど……」

「なぜです？」

オーナーが長い髪を耳にかけた。金色のピアスがちかりと輝く。

「〝猫に九生(きゅうしょう)あり〟という諺を聞いたことはありませんか」

猫には九つの命がある、という説だろうか。

それなら由香子も知っている。ロンドンに留学しているとき、教材として使用されていたシェークスピアの「ロミオとジュリエット」の戯曲にも、「猫の親分、お前の九つの命のうちの一つを頂戴(ちょうだい)できないか」という台詞が出てきた。

由香子が頷くと、オーナーはゆったりと微笑んだ。

「ならば、今生(こんじょう)を一度しか生きられない人間の主人(マスター)となる猫がいても、なんら不思議ではないでしょう」

「ちなみにイタリアのそれは、どういった話なんですか」

まだ納得はできないが、好奇心から、由香子は話の続きをせがんでみた。

紅茶で喉を潤しながら、オーナーが話し始める。

「裕福な猫妖精の王、ファザー・ガットの屋敷に、ある日、一人の不幸な娘がやってきます」

イタリアに伝わる猫妖精の物語は、アイルランドのケット・シー伝説に比べると、かなりお伽噺めいたものだった。

「父親が亡くなった後、母親は姉ばかりを可愛がり、次女である娘にはろくに食べ物も与えませんでした。そして娘が口答えなどしようものなら、ほうきで嫌というほどたたきのめしたのです」

丁重だけれどどこか冷たい、オーナーの澄んだテノールの声が耳に響く。

「耐えられなくなった娘は、ファザー・ガットの屋敷で使用人として働かせてほしいと申し出ました。ファザー・ガットと猫たちは、まずは娘の働きぶりを観察することから始めることにします」

最初娘は、なにをするにも後をついてくる猫たちに戸惑うが、生来の優しさと真面目さから、丁寧に彼らの世話をする。

「やがて、すべての猫が娘の働きぶりを気に入り、あんなに気の利くお手伝いはいないと、ファザー・ガットに報告するようになりました。ファザー・ガットの屋敷で、娘は猫たちから愛され、初めて幸せに笑うことができるようになったのです」

オーナーのよどみのない語りに、いつしか由香子は引き込まれていた。

「ところが、他に人間のいない環境に、娘は次第に寂しさを覚えるようになります」

一度そうした気持ちが芽生えると、あんなに酷い目に遭わされた実家までが懐かしい場所であるかのように思えてくるのだった。矢も盾もたまらず暇乞いをした娘に、ファザー・ガットはこれまでの報酬を与えようと告げた。

「そして、ファザー・ガットは彼女を秘密の地下室へ連れていくのです」

「それで？」

由香子は思わず身を乗り出す。

「お客さま、お部屋の準備ができたっすぅ」

しかし、そこへボーイの素っ頓狂な声が響いた。

オーナーが少し意地の悪い笑みを浮かべる。

「では、この続きはまた後ほど」

焦らすかのように話を切り上げられ、由香子は不覚にも悔しくなった。

口から漏れる息が白い。ぽつぽつと立ち並ぶ白樺の向こうに、眼の醒めるような青い湖が見える。

　翌朝、湖の周囲を巡る遊歩道を、由香子は一人でジョギングしていた。

　一周二キロほどの湖はそれほど大きくないが、驚くほど青く澄んでいる。湖の向こうの森には、相変わらず霞が立ち込め、太陽の光はほとんど届かない。

　一体、いつ晴れるんだろう。この霞……。

　天気予報を調べようにも、宿にはテレビはないし、インターネットも接続できない。もっとも、昨日ほど酷くはないので、チェックアウトしようと思えばできなくはないのだろうが。

　到着早々には、一刻も早く立ち去りたいと考えていたが、現在、由香子は自分の気持ちを測りかねていた。

　確かに想像していた宿とは全然違う。

　でも、率直に言って、昨晩の料理は素晴らしかった。

　宿の料理長は、他の従業員から「パンガー」と呼ばれているアイルランド出身の男性だった。二メートル近い大男で、真っ白な肌と髪をしている。おまけに両の眼の色が違った。片方は薄い水色で、もう片方は光の加減によっては金色に見える褐色だ。

　パンガー料理長が昨夜メインに作ってくれたのは、この時期のアイルランドの代表的な祝日、セントパトリックデイのご馳走だった。コーンドビーフと呼ばれる塩漬けの牛肉と春キャベツを一緒に煮込み、パセリとディルのたっぷり入ったホワイトソースをかけて食べるのが定番なのだそうだ。

牛肉はスプーンでくずせるほどに軟らかく、一さじ口に含むとほろほろと繊維がほどけ、ホワイトソースのこくと春キャベツの甘みが溶け合って、最高に美味だった。

これに皮つきの新じゃがのフライや、チャイブやミントのハーブサラダが添えられ、バランスも抜群の晩餐だった。

由香子はパンガーに勧められるまま黒ビールを飲み、昨夜はあっという間に眠りについた。朝までぐっすり眠れたのも、実は久しぶりだ。

今朝、朝食に出てきたトマトのチャツネを載せて食べるポテトケーキも、素朴だが、食材の良さを感じさせる丁寧な味がした。普段は炭水化物を控えているのに、何枚でも食べたくなった。

ヨーロッパの王侯貴族の邸宅風建築といい、ケット・シーを仕込んだからくり時計といい、アイルランド人シェフによる本格的なアイルランド料理といい、ここはヨーロッパの伝統的な文化を色濃く反映した宿なのかもしれない。

茶髪のボーイは軽薄だし、フロントの小太りの女性は非常識。美貌のオーナーも慇懃無礼。パンガー料理長は調理の腕は確かだが、母語がゲール語なのか、日本語はもちろん英語ですら片言だ。

期待していた「至れり尽くせり」の「おもてなし」の宿からは程遠いものの、これはこれで気晴らしになるのではないかと、由香子は考えを改め始めていた。

パンガーの料理は熱々のカスタードソースをかけて食べるアップルタルトやバタープディング等のデザートも絶品なので、ついつい糖分やカロリーを取りすぎてしまうが、こうしておあつらえ向きのジョギングコースもあるし。

それに、イタリアの猫妖精伝説の続きも聞かなければいけない。

ファザー・ガットに秘密の地下室に連れていかれた娘は、その後どうなったのか。働きに見合う報酬を得ることはできたのだろうか。

湖を二周すると、額や胸元に汗が浮いてきた。

ベンチに腰掛け、由香子はタオルで汗をぬぐう。ベンチに置いておいたアイリッシュティーの入ったポットを手に、由香子は湖を見つめた。湖から吹いてくる風が、ほてった身体に心地いい。

アイリッシュティーを飲みながら、由香子は再び猫妖精伝説のことを考えた。

昔のお伽噺には、器量よしで聡明(そうめい)なのに、理不尽に突(つ)き回されるヒロインがよく登場する。童話やお伽噺は、なんらかの暗喩(あんゆ)で成り立っていることが多いが、理不尽に苛(いじ)められるヒロインが意味しているものはなんだろう。

でも、そんなの今だって同じかもね。

無意識のうちにそう考え、由香子はハッとした。

会社でも婚家でも、自分はそこそこ突き回されてきた。

きっと、逃げるように結婚した罰が当たったのだろう。

夫との仲が良好だったのは、最初の一年だけだった。今思えば、夫は結婚相手など誰でもよかったのだ。

それなりに見栄えが良くて、それなりに教養が備わっていれば、別に由香子でなくてもよかった。証拠に、結婚してからも、夫は親密な女友達との関係を切ろうとはしなかった。

夫にとって、結婚は単なる世間体だった。

子どもができなかったことで、同居していた義母からは一方的に責められた。子どもができれば息子も落ち着く。それなのに、不妊治療もしないで海外留学だなんて、息子が可哀そう、云々と、ねちねち説教された。

離婚が決まったときには、こっちが慰謝料をもらいたいくらいだと、捨て台詞まで残された。

あの母親にして、あの息子ありだ。あんな男の子どもを産まなくて本当によかったと、由香子は思う。

お伽噺で理不尽な目に遭うヒロインを救い出すのは大抵魔法だが、易者の占いは、現実社会に生きる自分を本当に救うだろうか。

どうだかね……。

なんだか急にバカバカしい気分になってきて、由香子は大きな溜め息をつく。

何気なく周囲を見回し、ハッと眼を見張った。

ベンチのすぐそばに、いつの間にか五歳くらいの小さな女の子がいる。

なぜこんなところに、幼い女の子がいるのだろう。由香子は不審に思ったが、女の子は明らかに大人のものと分かる、大きなダウンジャケットを羽織っていた。小さな身体を、黒いダウンジャケットがコートのようにすっぽりと包んでいる。

このダウンジャケットを着せた保護者が近くにいるのか。

視線を巡らせていると、女の子と眼が合った。草むらに座っている女の子がにっこりと人懐こい笑みを浮かべる。

「あのね、お母さんがもうすぐ迎えにくるの」

「そうなんだ」

女の子の言葉に、由香子は内心胸を撫で下ろした。迷子ではなさそうだ。

「でもね。お母さん、忙しいから、もう少し、ここで一人で遊んでないといけないんだって」

女の子が急に寂しそうな顔になる。どうやらこの子は、近所に住んでいる子どもらしい。母親が家事をする間、家を出されたのかもしれない。

子ども時代、同じようなことがあったのを思い出し、由香子は微笑んだ。

でも。

この一帯に、あの山亭以外に人家なんてあっただろうか。

頭の片隅に微かな疑念が湧く。

「これ、なあに？」

だが、しゃがんだ女の子が指さしたものに、由香子は気を取られた。

つくしだ。

女の子と並んで腰を下ろすと、一帯にたくさんのつくしがツンツンと生えている。

「つくしよ。食べられるの」

まだ胞子嚢穂（ほうしのうすい）が開いていない若いつくしを摘み、由香子は女の子の前にかざしてみせた。

懐かしい。つくしなんて、久しぶりに見た。

これを甘辛く煮て卵とじにしたものが、子ども時代の由香子は大好きだった。よく見ると、遊歩道の周辺には、つくしの他にもフキノトウやヨモギがたくさん生えている。水辺には、セリまである。

「ねえ、摘み草遊びしようか」

気づくと、大昔、母に言われたことを口にしていた。

女の子はよく理解できなかったようだが、真っ直ぐ小さな掌を差し出してくる。楓のような掌を握り、由香子は立ち上がった。

寄せられた無垢な信頼に、胸が熱くなる。

だけど、私が悪人だったら？　この子の無防備さは、危ういものなのではないだろうか。

思いつつ、由香子は女の子と手をつないで歩き出した。

この一帯は山菜や野草の宝庫だ。少し歩いただけで、次から次へと食べられる植物が見つかる。

女の子は、形の可愛いつくしが一番気に入ったようだった。

子どもの頃、春になると母とこうやって摘み草遊びをしたことを、由香子は何十年ぶりかに思い返した。アサツキ、ミツバ、ギシギシ、スイバ……。食べられる野草の見分け方は、今でも頭に入っている。

東京出身。いつも名乗っているプロフィールに嘘はない。

けれど由香子の実家があるのは、東京都西部、西多摩郡にある東京で唯一の村だった。東京でありながら、過疎化が進み、限界集落となりつつある村落だ。

小中学を合わせても、百人に満たない学校に通いながら、こんなところで取り残されるのは嫌だと、由香子はいつも焦燥感に近い思いを抱えていた。

田舎者で終わりたくない。

そのためには、どんな努力だって惜しまない。

だって、私は鳶が生んだ鷹だもの。大きな翼で、強く、高く羽ばたきたい。

それなのに、目標に近づけば近づくほど裏切られ、私はいつだって抗(あらが)ってばっかりだ。

無心につくしを摘んでいる女の子を、由香子はじっと見つめる。

私も幼い頃は、母の傍にいるだけで、充分に幸せだった。この子だって、同じだろう。

それなのに、そのお母さんから、あんな目に遭わされるなんて……。

そう考えた瞬間、集めた野草や山菜を、由香子は取り落としそうになった。

なぜ、そんな変なことを思うのだろう。

だって、知っているじゃない――。頭の片隅で、もう一人の自分が冷静に指摘する。

自分はこの子のことを知っている。何度となくニュースで見て、そのたびに、痛ましく思っていたはずだ。

ニュースで？ 痛ましい？

由香子の中に、収拾のつかない混乱が湧き起こる。

どういうこと？　この子は一体……。

眼の前の女の子が、すうっと遠ざかった気がした。その瞬間、猛烈な眠気に襲われる。

白樺の向こうの湖の青さが迫り、やがてすべてが冷たい水の中に溶けていく。


深い水のような眠りの中で、由香子は夢を見ていた。

ファザー・ガットに手を取られ、秘密の地下室へ向かっていく。地下への螺旋階段はどこまでも続き、先は暗くなにも見えない。長い時間をかけて、ようやくたどり着いた地下室の中には、二つの大きな甕が置かれていた。

一つの甕には黒くべたつく油が、もう一つの甕には金色に輝く液体が入っている。

「さあ、どっちの甕に入りたい？」

背を向けたままで、ファザー・ガットが尋ねてくる。

もちろん、黄金の液体が満たされた甕に入りたい。私は、それだけのことをやってきたはずだ。

由香子はそう思ったが、ファザー・ガットが振り返った途端、その望みを口にすることができなくなった。ファザー・ガットは、いつの間にか故郷の両親の姿に変わっていた。

自分のことだけにかまけ、もう何年も会っていない老いた二人に贅沢な要求をすることに、由香子は躊躇いを覚えた。

今更、甘えることなんてできない――。

そう思った瞬間、どこかから突き落とされたように眼が覚めた。

気づくと、由香子は一人でベンチに座っていた。

全部、夢だったのか。

だが、膝の上に広げたタオルの上には、摘んだばかりのつくしやヨモギの葉などが載せられていた。

そう言えば、可愛らしい女の子と一緒に摘み草をしたのだった。

女の子の姿は見えない。きっと、母親が迎えにきたのだろう。

胸を締めつけられるような感覚が微かに残っているが、それがなにによるものなのかはよく思い出せなかった。

ふいに寒気を覚え、由香子は両腕を抱いた。うたた寝をしたせいで、すっかり身体が冷えてしまっている。

宿に戻って暖炉に当たろう。

山菜や野草をタオルで包み、ぼんやりとした頭を押さえながら、由香子はベンチから立ち上がった。

遊歩道を歩いて山亭に戻り、ロビーに足を踏み入れると、ふわりと林檎の甘い香りが漂う。

今日もロビーの奥では、重厚な石造りの暖炉が赤々と燃えていた。由香子はジョギングウェアのまま、暖炉の前のソファに腰を下ろす。すっかりこの場所が好きになっていた。

「お飲みものはいかがですか」

ふいに背後から声をかけられ、由香子はびくりと肩を弾ませる。

いつの間にか、陶器の壺のようなものを持ったオーナーが立っていた。なにかの訓練でも受けているのか、この宿の人たちは、オーナーをはじめ、どこか調子はずれなボーイやフロントの女性に至るまで、ほとんど足音を立てない。

霞か霧の如く、気づくと背後に忍び寄っている。

「結構です。まだ、これがあるので」

由香子は、パンガーに持たせてもらったアイリッシュティーのポットを掲げてみせた。

だがオーナーは壺を手に、まだ意味深な笑みを浮かべている。

「お茶もよろしいですが、これは、当山亭の秘薬ですよ」

「秘薬……？」

オーナーは小さな杯に壺の中身を注ぐと、ローテーブルの上にそれを置いた。硝子の杯の中、とろりとした飴色の液体が光っている。

「マタタビの実を、焼酎と蜂蜜に漬けたものです。血行がよくなり、不老の効果があります。ぜひ、お試しを」

年齢不詳のオーナーが言うと、妙な信憑性があった。

せっかくなので、由香子はそれを飲んでみることにした。一口飲めば、胃の中にぽっと火がついたようになる。それほど癖は強くないが、漢方薬を思わせる微かな苦みが舌に残った。

「この辺りは山菜や野草の宝庫ですね」

由香子はタオルにくるんでいた野草をローテーブルの上に広げた。マタタビもまた、薬効豊かな山菜の一つだ。

「先ほど摘み草遊びをしたんです。可愛い女の子と一緒に」

「女の子」

「ええ、この近くに住んでる子じゃないんですか」

そう尋ね、由香子はハッと息を呑む。

オーナーが、これまでとはまったく違う表情を浮かべていた。オーナーは類稀なる美貌の持ち主だが、その瞳の奥には常に凍てつくような冷たさがある。その氷が柔らかく溶け、初めて感情らしいものが滲み出ていた。

「その子は、湖を離れて、あなたと一緒に遊んだんですね」

「え、ええ」

熱心に見つめられ、由香子は思わず戸惑う。

オーナーの白磁のような頰に、微かな赤みが差した。取り澄ました仮面が外れ、意外なほど温かな面持ちになる。

「それにしても、お客さまは素晴らしい。東京の方なのに、よくこれだけの食べられる野草をご存じでいらっしゃいましたね」

向かいのソファに腰を下ろし、オーナーはヨモギやセリやスイバをしげしげと眺めた。そこに、含みのようなものは一切なかった。心底感心してくれている様子だった。

「東京って言っても……」

常にこちらを試すような素振りだったオーナーの打って変わった率直さにつられてか、ぽろりと本音が口をつく。

「私、本当は田舎者なんですよ」

言ってしまってから、由香子自身が驚いた。向上心の裏で、これまで絶対に悟られまいとしてきた胸の奥底の劣等感を、初めて人前にさらした気分だった。

どんなに努力しても、どんなに背伸びしてみせても、所詮、親は鳶。育ったのは、限界集落寸前の〝村〟だ。

「お客さま」

オーナーが親しげな眼差しを向けてくる。

「お昼はこちらの野草を使った摘み草料理をご用意いたしましょう」

ボーイを呼んで由香子が摘んできた野草を厨房に運ばせ、オーナーはついでに自分用の杯も持ってこさせた。硝子の杯にとろりとした飴色のマタタビ酒を注ぎながら、オーナーが口元にうっとりとした笑みを浮かべる。

「もしよろしければ、ファザー・ガットと娘の話の続きをお聞かせしましょうか」

「ぜひ」

由香子はマタタビ酒のおかわりを手に頷いた。

「ファザー・ガットは働き者の娘の手を取って、秘密の地下室へ続く階段をどこまでも下りていきます」

先の見えない暗い螺旋階段をどこまでもどこまでも下り、やがては広い丸天井の地下室にたどり着いた。その部屋には、大きな二つの甕が並んでいた。

「一つの甕には黒くべたつく油が、もう一つの甕には黄金を溶かした液体が……」

「ちょっと待ってください」

強い既視感に襲われ、由香子は声をあげる。

それは、先ほど自分が見た夢とまったく同じ展開だ。そうだ。自分はベンチの上で、猫妖精伝説に登場する娘になった夢を見ていた。

その旨を告げると、オーナーが興奮したように眼を見張った。

「それで？　お客さまはどちらの甕を選んだのですか」

振り返ったファザー・ガットが両親の姿に変わっていたことを思い出し、由香子は再びきまりの悪さに囚（とら）われる。

広告代理店人脈のスノッブな雰囲気を漂わせる業界人ばかりが集まった元夫との結婚式で、身の置き所がなさそうに小さくなっていた父と母。見るからに高級そうな着物に身を包んだ義父母を前に、場違いな二人を恥ずかしく思っていた自分。

「……金の液体が入った甕を選ぶことは、できませんでした」

だって私も本当は、鷹のふりをした鳶だったから——。

ようやく自覚した劣等感を前に、由香子はそっと視線を伏せる。

「それが正解なんですよ！」

その途端、オーナーがいきなり身を乗り出してきた。

「あなたは、やはり、素晴らしい方です。どうやらあなたがこちらにいらしたのは、単なる偶然ではないようだ。あなたは猫妖精の王に導かれて、ここにたどり着いたのです」

オーナーは興奮気味に、娘もまた、夢の中の由香子同様、金の液体の甕を選ばなかったことを語った。

その娘に、ファザー・ガットは厳かに告げる。

「お前にふさわしいのは、こちらだ、と」

そして逞しい前脚で娘を抱き上げ、金色の甕の中へそっとその身体を入れた。

「黄金を溶かした液体に浸かった娘が、果たしてどうなったか。それは、お客さまご自身が身を以って知るべきです」

息がかかるほどに顔を近づけて、オーナーが囁く。

「お客さま、あなただけにお教えしましょう」

青い湖のその先に、金色の湯を湛える秘湯がある。

その場所は、この山亭の人間以外、誰も知らないという。

「囲い等はございませんが、この深山では誰も見ておりません。どうぞ思う存分黄金の湯を浴びて、これまでの疲れや穢れをすべて洗い流し、娘の得た霊験を確かめてみてください」

至近距離から美貌のオーナーに見つめられ、由香子は魅入られたようになった。

マタタビ酒に酔ったのか、少し頭がぼんやりするが、気づくとオーナーに勧められるまま、由香子は再び遊歩道を歩いていた。

地図をもらったわけでもないのに、まるでなにかに導かれているかの如く足が進む。本当に、猫妖精の王ファザー・ガットに手を引かれているようだった。

やがて脱衣所らしい小屋が現れた。小屋と言ってもかろうじて屋根があるだけのあばら屋だ。少々心もとなさを覚えたが、由香子は思い切って扉をあけた。

その瞬間、一気に視界が黄金色に染まった。

立ち込める湯気の向こうに、まるで湖のようになみなみと金色の液体が満ちている。あまりの美しさに眩暈(めまい)がする。由香子はすべての衣服を脱ぎ捨てると、裸身を湯の中に沈めた。途端に得も言われぬ心地よさが全身を包み込み、思わず陶然となる。

こんなに柔らかく肌になじむお湯に入ったのは初めてだ。

ゆるゆると全身から疲れやだるさが抜けていく。由香子は金色の湯の中で、自分の身体の線を指先でたどった。厳しい糖質制限と運動で引き締まった肢体は、決して中年女のものではない。年齢に抗って、ストイックに鍛え続けてきた結果だ。

何気なく湯の中から腕を引き上げ、由香子は驚いた。内側から発光するように、肌が仄(ほの)かに輝いている。

驚いて全身を引き上げると、明らかに肌理(きめ)が変わっていた。両の掌で頬を触れれば、しっとりと吸いつくようだ。二十代の肌の張りが戻ってきている。

これが、娘の得た霊験か。

見る見るうちに、肌も髪も瑞々しく潤っていく。

由香子の心に喜びが湧いた。

嬉しさのあまり、由香子は白い裸体を躍らせて、子どものように金色の湯の中を泳ぎまわった。どれだけ泳いでも、どれだけ長く浸かっても、不思議なことにのぼせることはなく、肌も髪も、見違えるほどに若返っていくのだった。

由香子は金色の湯に仰向けに浮かび、思う存分手足を伸ばす。

心の中の澱や不安は、いつしかすっかり消えていた。

翌日、由香子は上機嫌で山亭をチェックアウトした。

易者の言っていたことは本当だった。あの山亭は運命の宿だ。由香子の開運は、猫妖精の王ファザー・ガットに約束されたに違いない。

バックミラーに映る自分の姿に、由香子は相好を崩す。肌も髪も、まだ金粉を纏ったようにうっすらと輝いている。肌や髪は、女にとって心の窓だ。綺麗に磨かれれば、それだけですべての見通しが良くなる。

東京に戻ってからも旅の疲れはまったく出ず、それどころか全身が羽根のように軽かった。

高揚した気分のまま、由香子はその晩、久々にブログを更新した。

〝とってもすてきなお宿に泊まってきました〟

猫妖精ケット・シーのこと、ファザー・ガットの夢のこと、場所は詳しく書けないと前置きした上で、霊験あらたかな不思議な金色の秘湯のことを、酔ったように書き続けた。

〝肌もこんなに甦りました〟

スマートフォンで自撮りした自分は、素顔に近いのに本当に若々しい。写真と共に記事をアップすると、満足感が込み上げた。

これで、きっと潮目も変わる。この先、自分にはどんな幸運が待っているのだろう。

わくわくした気分のままベッドに身を投げ出し、由香子はすぐさま深い眠りについた。


翌朝、由香子は酷い頭痛で眼を覚ました。

サイドテーブルのスマートフォンが、ひっきりなしにSNSへのメッセージ着信を知らせている。SNSにはブログのアドレスを張ってあるので、きっと昨夜アップした記事への反響だろう。

スマートフォンを引き寄せ、由香子は指紋認証でロックを解いた。アプリをタップしてSNSのアカウントを開くと、恐ろしいほどの着信数が表示されている。

所謂、〝バズる〟という状態だ。

初めてのことに、由香子は期待に胸を膨らませながら、急いで自分のブログにアクセスしてみた。

昨夜の記事に、これまでにないほどコメントがついている。しかし、コメント欄を開いた瞬間、由香子の胸がどきりと不穏な音をたてた。

いつもなら、フォロワーからの比較的好意的なコメントが寄せられているその場所に、まったく知らないハンドルネームの人たちの書き込みがずらずらと並んでいる。

〝猫妖精の王？　ケット・シー？　ファザー・ガット？　頼むから、早く病院いってください〟

〝いい歳して、スピにしがみついてるの超痛い〟

〝痛さを通り越して、ヤバさしか感じない。この人が昔大手企業の広報やってたのが、まじで怖い〟

〝大学のミスコン出身の女って、一生勘違いしてんのな〟

なに、これ。

由香子のこめかみが引きつる。

この人たち、一体、どこからやってきたの？

嘲笑（ちょうしょう）コメントの中に、ＵＲＬがあることに気づき、由香子は震える指先でタップした。

「崖っぷちのアラフォー元大手企業広報（元有名大学準ミス）、スピにはまって騙される。盗撮動画流出か？（動画あり）」

まとめサイトのタイトルに、スマートフォンを取り落としそうになる。

そこには、かつて「リマーカブルウーマン」として、女性誌やビジネス誌に取り上げられていた、若き日の自分の写真まで無断転載されていた。

盗撮――？　動画流出――？

画面をスクロールするうちに、由香子は全身がわなわなと震え出すのをとめることができなくなった。

褐色の湯の中、白い裸体をさらして泳いでいる自分の姿が盗撮されている。

〝これが、ご本人がブログに書いていた「猫妖精に導かれてたどり着いた不思議な金色の秘湯」ですかね〟

〝ただの鉄分の多い硫黄泉じゃね？〟

〝それ以前に、温泉で泳いじゃ駄目でしょう〟

〝ってゆーか、猫妖精さんに、盗撮されてるし〟

動画の下に、「皆さんの反応」として、この記事に対するＳＮＳ投稿がいくつも抜粋されていた。

なんてこと……！

頭から血の気が引いていく。

このまとめサイトの記事が、SNSを通じて今も拡散され続けているということだ。

由香子は真っ青になって、ワーキングデスクのノートパソコンを立ち上げた。一刻も早く、ブログの記事を取り消し、まとめサイトの記事も削除させなければいけない。場合によっては、警察への連絡も——。

まとめサイトの運営の連絡先を必死になって探しながら、由香子は脇や胸元を嫌な汗がだらだらと流れるのを感じた。

運営と連絡が取れれば、まとめサイトの記事は削除されるだろうが、一度ネット上に出回った動画や画像は、永久にどこかに残る。

こめかみがずきずきと痛み出す。

〝お客さま、あなただけにお教えしましょう〟

〝囲い等はございませんが、この深山では誰も見ておりません……〟

美貌のオーナーの囁きが耳元で甦り、猛烈な怒りが込み上げた。

嫌がらせか、アフィリエイト稼ぎかは知らないが、こんな真似をして、ただで済むと思っているのだろうか。

奥歯を嚙み締めながらホテルの予約サイトを開き、由香子はぎょっとする。

違う。自分の泊まった山亭ではない。

もっとモダンで、明るいログハウス風の宿の写真が並んでいた。宿の名前もまったく違う。

がんがんと痛む頭の中で、由香子は薄れかけていた記憶を取り戻す。

そうだ。自分が予約を入れたのは、もともとこちらの宿のはずだった。慌ててメールボックスを確認すると、宿からキャンセル料の請求書が届いている。

それでは、自分が泊まったあの宿は、一体なんだったのか。

黒い針葉樹の森に包まれた山亭を背景に、美貌のオーナー、茶髪のボーイ、小太りのフロントの女性、真っ白な髪とオッドアイの料理長が、じっとこちらを見た気がした。

見開かれた眼球の瞳孔が細い針の形に光り、全員、口が耳まで裂けている。

あまりに巧妙に化けているため、人間には正体が分からない――。

オーナーが語った話の内容を思い出し、背筋がすっと冷たくなった。

それでは、彼らは……。

茫然とした由香子の眼の前で、ノートパソコンの画面が突然ブラックアウトした。サイドテーブルのスマートフォンは相変わらず、SNSへのメッセージ着信音をひっきりなしに立てている。思わずたたき落とすと、液晶が割れる音が辺りに響き渡った。

窓の外には、眼にしみるような新緑が広がっている。ゴールデンウィークが始まり、普段は静かな村落にも観光客の姿が目立つようになった。


　由香子は実家の広間で、多くの女性たちの前に立っていた。

「それでは今日はこれを使って、特別な秘薬を作りましょう」

麻の袋から、由香子は乾燥させた楕円形（だえんけい）の実を取り出す。「秘薬」という響きに、女性たちが一斉に興味深そうな表情を浮かべた。

女性たちの中には、青い瞳をしたヨーロッパ系の人や、ヒジャブをかぶったイスラム系の人や、スマートフォンを握り締めた中国系の人もいる。

「ディス　イズ　シルバーバインズ」

彼女たちのために、由香子は英語で説明を加えた。ヨーロッパ系の女性が、「ワーオ」と眼を丸くしてみせる。女性たちの間に、さざ波のような笑い声が湧き起こった。

その和やかな様子を、由香子は感慨深く見渡した。

盗撮動画の流出事件が起きたときは、正直、こんなことになるとは、夢にも思っていなかった。

真に人生とは不思議なものだ。

騒ぎがあった後、由香子は故郷の実家に帰った。もう都会に居場所はないと思ったし、他にいく場所も見つからなかった。

なにより、抗うことに疲れてしまったのだ。

鳶の子は鳶。

これ以上、背伸びをして生きるのはつらかった。

閉塞感のある〝村〟で噂になることは覚悟していたが、意外なほど周囲は由香子に無関心だった。実家に戻った直後、由香子は病人のように臥せっていたので気づかなかったが、実際には両親が一人娘の防波堤になってくれていたのだった。物好きなメディアがどこかから連絡先を突き止めて電話を寄こしたときも、父が凄まじい勢いで一喝して追い払ってくれたのだそうだ。

四十代になりF1層から外れ、世間から与えられたリマーカブルウーマンの称号を失っても、両親にとっては、娘は娘のままだった。

由香子は子どもの頃のように、母と一緒に山に入って野草や山菜を摘んだり、庭の菜園の手入れをしたりして毎日を静かに過ごした。もともとまめなたちなので、手慰みに野草茶や野草酒を作るようにもなった。

日々、土地のものを食べ、湧水を飲み、規則正しく生活していると、以前のように厳しい糖質制限をしなくても、金色の温泉に浸かったときに負けないほど、肌も髪も衰えないことに気がついた。

毎朝、生き生きとした肌の調子を見るたび、やはり自分にとってのファザー・ガットは両親だったのではないかと、由香子はぼんやり考えたりした。

そのうち、思ってもみなかったことが起きた。

近隣の女性たちが、由香子から美容を学びたいと集まってくるようになったのだ。

きっかけとなったのは、なんと、あの流出動画だった。

褐色の液体の中を自在に泳ぐ、贅肉のない由香子の裸身を見た彼女たちは、スタイルと美しさを保つ秘訣(ひけつ)を教えてほしいと口々に告げてきた。

最初は戸惑ったが、自分にはピラティスやヨガのインストラクターの資格があることを思い出した。そこで両親に相談し、庭に面した古い広間をスタジオ代わりに女性専用のヨガ教室を開いてみたところ、思いのほか多くの人たちが集まった。レッスン後、お手製の野草茶を振る舞ったのも、大きな評判を呼んだ。

村落には、これまで女性専用のジムもサロンもなかったからと喜ぶ彼女たちを前に、由香子は小さな自信を持つようになった。

ここでなら、まだ自分にもやれることがあるかもしれないと。

なにも都会や海外に出て、活躍するばかりが成功ではない。

これまで自分のブログの閲覧数が伸びなかったのは、閲覧者の興味を引く、実体験に基づいた情報が少なかったからだ。

高く飛ぶことばかり考えてずっと背伸びをしていたけれど、本当に飛ぶためには、一旦、地に足をつけなければならなかったのだ。

私の地は、ここだ。

ずっと避け続けてきた村落を、由香子は初めて心の底からそう思えた。

起業用のブログを閉鎖し、由香子は新たにホームページを開設した。女性専用の里山ヨガ教室のサイトだ。ヨガのほか、近隣の山で採れる野草を使ったお茶や薬用酒のワークショップの情報も盛り込んだ。サイトには、日本語以外に、英語と中国語のインフォメーションをつけ加え、誰でもスマートフォンから簡単に予約ができるようにシステムを構築した。

すると、地元の女性たちだけでなく、都心や海外の女性たちからの予約も舞い込むようになった。はじめは恐る恐る日本の古い民家に入ってきた海外からの観光客たちは、インストラクターの由香子の流暢な英語や中国語に感嘆し、ますます情報を拡散してくれた。

これからが本当の勝負だ。

由香子は密かに気を引き締める。

続けてきた努力は無駄じゃない。磨いてきた語学力、培ってきたスキルや資格の真価が問われるのはこの先だ。

今日は乾燥マタタビの実を使い、「不老の秘薬」マタタビ酒を作るワークショップを行う。あの不思議な山亭で飲んだマタタビ酒を再現してみるのだ。

ヨガ教室やワークショップを開く傍ら、由香子は「ファザー・ガット」の物語を探して読んでみた。それは、民話の蒐集で知られるスコットランドの民俗学者アンドルー・ラングによる「猫屋敷」と邦訳されている昔話だった。

これまで気に留めたこともなかったが、調べてみると、洋の東西を問わず、妖力を操る猫の民話は数知れない。日本の各地にも、〝猫岳〟と称される山奥で人をたぶらかす猫の妖怪変化の伝承がいくつも残っている。

あれから、由香子は幾度となく山亭の在処を捜してみたが、それらしい痕跡はなに一つ見つからなかった。

ただ、もともと由香子が宿泊しようと向かっていた宿の近くに、猫魔ヶ岳と呼ばれる一帯があることが分かっただけだ。

猫魔ヶ岳もまた、有名な〝猫岳〟の一つだった。

それでは私をここへ導いたのは、あの美貌のオーナーたちだったのだろうか。

赤々と燃える暖炉を背に、不敵な笑みを湛えるオーナーの幻影に、由香子は無言で首を横に振る。

あの山亭が一体なんだったのか、本当のところは今でもよく分からない。

でも、一つだけ確かなことがある。私のファザー・ガットは、ここにいる両親だ。

自分の努力を誰よりも認め、陰ながらずっと支えてくれていたのが両親であったことを、今の由香子は痛いほど理解できるようになっていた。

鳶のままで上等だ。

足元の地を蹴って、鳶の羽で強かに舞い上がり、私はまだまだ抗ってみせる。

「まず、乾燥マタタビ、ホワイトリカー、それから蜂蜜を用意します」

乾燥マタタビから、月桃を思わせるスパイシーな甘い香りが漂う。

期待に瞳を輝かせる女性たちを前に、由香子は「秘薬」の作り方を、英語と中国語を交えながら丁寧に説明していった。

第四話　隠れる少年

もう、戻りたくない。

朝靄が立ち込める木立の中を、中園健斗はぼんやりと歩いていた。

一体、どうしてこんなことになったのだろう。

勝てば勝つほどつらいなんて、一年生の頃は、考えてもみなかった。

昨夜は、主将の健斗をはじめとする二年生の主力メンバーが集まって、延々その日の反省と作戦会議をした。ようやくすべてのミーティングが終わったときには、既に午前零時を過ぎていた。

いくら夏休みの強化合宿とは言え、朝が早い運動部としてはありえないスケジュールだ。

だが南東北の山中にある合宿所にきてから、毎日こんな日が続いている。精神的にも、肉体的にも限界に近い。

健斗たちが通う高校では、部活は基本生徒たちが自主的に行うものと定められている。

だから、もちろんこれも〝自主的〟な活動だ。

でも――。

〝やり抜いた人間だけが成果を出せる〟

健斗が所属するアメリカンフットボール部の顧問の塩野教諭は、口癖のようにそう言う。

こうした言葉を何回も聞かされていると、もし成果を出せなければ、すなわち、自分たちが「やり抜かなかった」ことになるように思えてくる。

事実、他校との練習試合に負けるたび、「新しい主将のお前がしょうもないから、チームがこんなにしょうもないんだろうが」と、健斗はチーム全員の前に立たされ、監督でもある塩野から詰め寄られた。

春季大会が終わるのと同時に、受験を控える三年生はほとんど引退してしまったので、現在は健斗たち二年生が部活の中心だ。

自分たちの代が「やり抜いていない」と思われるのは、健斗自身も嫌だった。

だから、〝自主的〟に無理をしてしまう。

健斗の学校のアメリカンフットボール部の歴史はまだ浅い。顧問の塩野は一応経験者だが、実績のあるアメフト部のOBではない。

全員が、手探りをしながら進んでいるような状態だ。

昨夜のミーティングの後に起こった出来事を思い返すと、健斗は今でも胸の中が不穏なもので一杯になる。

合宿所のコンファレンス棟から宿泊棟に移動する際、中学時代からのチームメイトでもある勇太が、ふらふらと深夜の車道に出ていきそうになったのだ。

慌てて腕を引くと、勇太は虚ろな笑みを浮かべた。

〝死なない程度に事故ったら、明日の練習、休めるかなって思ってさ……〟

その言葉が冗談に聞こえなかったことに、背筋がゾッとした。

深夜の山道には、猛スピードで車を走らせる〝走り屋〟のような連中がいる。万一、本当に車が走ってきたら、軽い事故で済むわけがない。

これも、新しく主将になった自分が不甲斐ないせいか——。

そう考えると、身体も心も疲れ切っているのに、健斗はなかなか寝つくことができなかった。何度も寝返りを打ち、ようやくうとうとしてきたと思っても、すぐに眼が覚める。

窓の外がうっすらと明るくなっているのに気づいたとき、健斗は衝動的に合宿所を飛び出してきてしまった。

昨夜の勇太とは反対に、健斗は車道ではなく、山側に足を進めた。どこかへ逃げるつもりなど毛頭ない。ただ、ほんの少し部活を離れて、頭を冷やしたかっただけだ。だけど、立ち込めてきた朝靄の中をあてどなく歩いているうちに、段々、本当に戻りたくなくなってきた。

強化合宿はまだ三日目。残り四日もある。

昼は猛暑の中で吐くほど練習試合を行い、夜はまた反省と作戦会議。

もう嫌だ。もう無理だ。どうして、主将なんて引き受けたりしたのだろう。

心の底から後悔が湧き上がる。

第一、部活動って、こんなんだったっけ。

どんよりした頭の中に、根本的な疑問が浮かんだ。

バーベキューに花火大会——。高校の部活紹介のブログに載っていた夏休みの合宿風景は、あんなに楽しそうだったのに。

中学時代、健斗は勇太をはじめとする地元の友人たちと、フラッグフットボールというアメリカンフットボールのジュニア版のクラブに入っていた。

一人ひとりの能力を生かし、適材適所でポジションを決めるので、体力がなくても、誰でも存分に楽しめる——。そんなフラッグフットボールの紹介に、関心を持ったのがきっかけだった。

フラッグフットボールは選手が腰から下げた旗を奪い合うだけなので、危険なタックルがなく、なにより、事前に作戦をカードに書いて出し合う作戦会議が興味深く、健斗はすぐに夢中になった。健斗にとって、フラッグフットボールは、鬼ごっこと、ボール投げと、陣地取りと、カードゲームを融合させたすこぶる面白いゲームだった。

　こうした下地があったため、同じ高校に入学した健斗と勇太をはじめとするチームメイトたちは、迷うことなくアメリカンフットボール部に入部した。

　体力の違う男女が一緒に遊べるフラッグフットボールと違い、フルタックルを行うアメリカンフットボールは防具も必要となるパワー系のゲームだが、健斗が感じた面白さは変わらない。

　むしろ、ルールが複雑になる分、一度はまってしまうと抜け出せない妙味があった。楕円形(だえんけい)のボールを使うアメリカンフットボールは、一見、球技のように思われるが、それだけではない。アメフトの本質は、ボールを目印とした陣取り合戦だ。一チーム、十一人がそれぞれ攻撃(オフェンス)と守備(ディフェンス)に分かれ、いかにボールを敵陣の深くに持ち込み、自分たちの陣地を押し広げていくかで勝負が決まる。そのために、数々の戦略が用いられ、各々のプレイヤーの特技を生かしたポジションが置かれる。

　たとえばオフェンスの司令塔となるクォーターバック。ボールを持って走るランニングバック。クォーターバックと連係して、パスを受けるレシーバー。オフェンスをとめようと殺到してくるディフェンスをブロックするライン。

作戦を指示し、チームの中心となるクォーターバックには瞬時の判断力が、ボールを手に敵陣に突っ込んでいくランニングバックには身軽さと駿足が、パスを受け取るレシーバーにはどんな球でもキャッチできる正確さが、ディフェンスをブロックするラインには身体の大きさと力の強さが要求される。

それほど身体の大きくない健斗は、俊敏さを生かせるランニングバックを担当することが多かった。

各々のポジションが、各々の能力を生かし、力を合わせて陣地を攻略する。

平等、公平、機会均等――。それこそが、アメリカンフットボールの醍醐味だ。

本格的なアメリカンフットボールの練習は、フラッグフットボールと比べると当然きつかったけれど、入部当初はたいして疑問に感じなかった。フラッグフットボールチームで一緒にプレイしてきたチームメイトたちとも息を合わせ、健斗は一年のときから大いに奮闘した。

おかしくなり始めたのは、昨年、健斗たちの活躍もあり、地区のブロック大会でそれなりの成績を残してからだ。

それほど実績のなかった健斗たちの高校のアメフト部が、にわかに注目されるようになり、強豪校からの練習試合にも誘われるようになった。最初のうちは光栄だったのだが、後にそうしたことが段々負担になってきた。健斗はもちろん、上級生たちにも、強豪校のような実績を伴う経験がなかったためだ。

強豪校には外部指導者もいるし、アメフトの練習設備も整っている。健斗たちの学校の環境とは土台が違う。

ところが、俄然張り切り出したのが顧問兼監督の塩野だった。

〝優勝経験者もいない、部員も少ない、設備も足りない。そんなうちの学校が強豪校に勝つには、正攻法でやっても勝てない。限界を超えてやり抜くしかない〟

もともと厳しい監督だったが、それに輪をかけて部員たちに発破をかけ始めた。

塩野はタックルを専門とする、ディフェンスラインの元プレイヤーだ。がたいも声も大きい。

〝やり抜いた人間だけが成果を出せる〟

〝つらい経験は、必ずこの先、役に立つ〟

〝すべてはお前たち自身のためだ〟

大声で浴びせられる言葉はすべて正論に聞こえるため、檄を飛ばされれば、同調しないわけにはいかなかった。

週三日だった活動が週五日になり、土日も練習試合が入る。

ほとんど毎日が部活漬けだ。

そんな中、三年生が引退し、チームの中心となるクォーターバックに抜擢された健斗が、その流れで主将を引き継ぐことになった。

ゲームの状況を見ながら瞬時に戦術をコントロールするクォーターバックは、健斗の憧れのポジションだ。

〝レディー、セット、ハット！〟

アメリカンフットボールの試合は、クォーターバックの掛け声で試合が始まる。

大きな試合でコールをしてみたいと、健斗はいつも夢みていた。

でも、今は——。

クォーターバックを本当に務めたいのか、自分でもよく分からなくなっている。

試合に勝てばもちろん嬉しい。皆で考えた戦略がうまくはまり、タッチダウン——敵陣の最も奥にボールを持ち込む——ができたときの快感は、何事にも代えがたい。

そんなときは、普段は厳しい顧問も手放しで喜んでくれた。

よい成績を残して学校に戻れば、アメフトのことなど何一つ知らない校長までが上機嫌で、朝礼で表彰されたり、「おめでとう！」と校舎に垂れ幕が出たりする。

急に大勢から注目されたようで気分がいい。女子受けまで、よくなった気もする。

学業でよい成績をとっても表彰されないのに、部活で勝つと全校生徒の前で誉め称えられるのは、よくよく考えれば奇妙なことなのかもしれないが。

しかし、そうなると、今度は負けられなくなってくる。

無理を押して練習すれば、最初のうちこそ成果が出るけれど、勝てば勝つほど相手は強豪校になっていく。次第に余裕がなくなり、精神的にも追い詰められていく。監督としての塩野の要求も高くなり、ついていけなくなった部員は、部活をやめるしかなくなった。

適材適所。平等、公平、機会均等だったはずなのに、切り捨てられていく部員が出る。

健斗の脳裏に、脱落していった部員たちの顔が浮かんだ。中には、フラッグフットボールから一緒にやってきたチームメイトの孝明（たかあき）もいた。明るいやつだったのに、失敗を塩野に責められるたび、段々暗くなり、最終的には自分から部活をやめた。

今では学校で顔を合わせても、視線を伏せられる。

あいつ、本当は、アメフト大好きだったのにな……。

孝明のことを考えると、健斗は今でも気持ちが塞（ふさ）ぐ。

ポジションのレシーバーとしては確かにミスが多かったが、孝明は攻撃の戦術を考えるのは得意だった。

でも、ときどき、去っていった孝明たちを羨（うらや）ましく思うこともある。

たとえば、今だ。

健斗はうつむきながら、下草を踏む。青い草の匂いが立ち上った。

日が昇り切っていない今は比較的涼しいが、今日もきっと猛暑になる。塩野はタックル至上主義で、ポジションに関係なく、フルタックルの練習を毎日課してくる。炎天下で実戦そのもののフルタックルを繰り返すのは、地獄に等しい。体力の消耗も激しいし、身体中、どこもかしこも痣だらけになる。

アメフトは大好きなのに、やっぱりやめたい。

でもそんなことを口にしたら、顧問の塩野になにを言われるか分からない。

不思議なものだ。

どれだけがたいや声が大きくても、学校の先生というだけならたいして怖くない。事実、塩野が担当する現代社会の授業など、まともに聞いていたためしがない。それなのに、部活の顧問兼監督として対面すると、突如、頭が上がらなくなる。

他の部員だって、こんなに部活漬けじゃなくて、もっと自分の時間が欲しいと思っているに違いない。言い出せないのは、顧問が怖いのと、新しい主将の自分に、皆が気兼ねしているからだ。

最近、主要メンバーの一人が抜けたとき、塩野から「主将がだらしないせいだ」と健斗が散々責められたのを、勇太たちも見ていた。責められながら、健斗は頭の片隅でそのメンバーを「裏切り者」と罵らずにはいられなかった。

もうこれ以上、主要メンバーにはやめてほしくないと、内心密かに哀願した。

ふらふらと車道に出ていこうとした勇太の様子が甦り、にわかに喉が干上がったようになる。

勇太をあんなふうに追い詰めている一因は、やっぱり自分にある気がした。

同時に、〝死なない程度に事故りたい〟という勇太の考えに、深く共感している己を自覚してしまう。

こんなのどう考えたっておかしい。

第一、高校生の本分は、勉強なんじゃないのかよ。

それなのに、誰も気づいてくれない。

部活漬けの日々を送る健斗のことを、共働きの両親は勝手に「青春」だと思い込んでいる。顧問が熱心な人でよかったと、塩野を称えさえする。

両親の眼に、塩野は爽やかなスポーツマン教師として映るらしい。

一体いつからだろう。

激励が叱責に、叱責が恫喝に聞こえるようになったのは。

苦しい自問を繰り返しながら、やみくもに足を進めていた健斗は、ふと立ちどまった。

朝靄の向こうに、真っ青な湖が見えている。

湖――？

ここ、一体どこなんだ。

急に不安が込み上げてきた。合宿所の近くに、湖なんてあっただろうか。

嫌気に任せて歩いてきてしまったが、さすがに戻らなくてはいけない。このまま練習にいかなかったら、自分こそが「裏切り者」だ。

健斗は我に返ったように踵(きびす)を返す。

まだ日は完全に昇っていない。そんなに遠くまではきていないはずだ。

ところが、きた道を引き返しているはずなのに、一向に合宿所が見えてこない。それどころか、朝靄が一段と深くなり、どこを歩いているのかも分からなくなってくる。

健斗は懸命に足を進めた。

白樺(しらかば)の木立を抜け、ようやく開けたところへ出たと思ったら、またしても眼の前に、先ほどとまったく同じ青く澄んだ湖が広がった。

朝靄が薄れ、湖の背後に黒々とした針葉樹に包まれた深い森が現れる。

健斗は自分の眼を疑った。合宿所の裏の森は、こんな深山ではなかったはずだ。近くにはコンビニエンスストアもあったし、表の公道では、わりと頻繁に車やバスも走っていた。だが、眼前の風景は、これまで見たことのないような山奥だ。

合宿所どころか、人家の一軒も見当たらない。

薄靄に包まれた風景を茫然(ぼうぜん)と眺めているうちに、健斗ははたと思い当たった。

これは、夢だ。

自分は合宿所の狭い寝床で、とりとめのない夢を見ているのに違いない。

そう思った瞬間、全身からどっと力が抜けた。湖を見渡す場所にぽつんと置かれているベンチに、健斗は座り込む。

夢なら夢で、ゆっくりしよう。

眼が覚めれば、待っているのはどうせ地獄の強化合宿だ。

せめて、夢の中くらいは——。

健斗はベンチにもたれて、深い息を吐いた。

白樺の木立。薄靄が漂う、冷たく澄んだ湖。その背後に広がる黒い森。

我が夢ながら、なかなか神秘的な光景だ。

それにしても、なんて青い水だろう。まるで鉱物を溶かし込んでいるみたいだ。

もっとよく見ようとベンチから身を乗り出したとき、健斗は背後ですすり泣きのような声が微かに響くのを聞いた。

振り向けば、白樺の根元で、黒いダウンジャケットを着た五歳くらいの小さな女の子が声を押し殺すようにして泣いている。

「どうしたの」

思わず声をかけると、女の子が泣き濡れた顔を上げた。

健斗の心臓がどきりと大きな音をたてる。

この子を知っている。

だが、それが誰なのか、なぜ自分が知っていると感じたのかをよく考えようとすると、急に頭の中に霞(かすみ)がかかったようになった。

「お母さんが、こない」

つぶらな瞳(ひとみ)に涙を一杯にためて、女の子が訴えてくる。

「ずっと待ってるのに、お母さんが迎えにきてくれないの」

女の子の丸い頬を、あふれた涙がぽろぽろと零(こぼ)れ落ちた。

「お兄ちゃん、一緒にお母さんを捜してくれる？」

手を差し伸べられれば、断るわけにはいかなかった。

たとえ夢の中とはいえ、こんな幼い女の子を、山の中にたった一人で取り残しておくのは惨(むご)すぎる。健斗はベンチから立ち上がり、女の子の手を取った。

「お母さんは、今、どこにいるの？」

一緒に歩きながら尋ねると、女の子は少し考えた末に、首を横に振る。

「じゃあ、おうちはどこか分かる？」

質問を変えた途端、女の子が口を固く結んだ。

しばしの沈黙の後、女の子が小さく呟(つぶや)く。

「おうちは怖いから、もう帰りたくないの」

健斗の手を握る女の子の指先に、きゅっと力がこもった。

女の子の華奢な指を握り返し、健斗は女の子と歩幅を合わせる。なぜか、胸の奥がざわざわした。

おうちは怖い――。

その理由を聞くのが、なんとなく恐ろしかった。

しばらく黙って歩いていると、女の子がふいに健斗を見上げる。

「お母さんと一緒に、ここにきたの。前、お母さん、おじいちゃんとおばあちゃんと一緒に、この近くに住んでたんだって」

要するに、母の実家ということか。

母と子で〝怖いおうち〟から母の実家に逃れてきて、この場所ではぐれたのだろうか。

「おじいちゃんとおばあちゃんのおうちは分かる？」

女の子は再び首を横に振った。

「おじいちゃんとおばあちゃんは、もういないの。少し前に、病気で死んじゃったの。でも、お母さんと、また、ここにこようねって約束したの」

幼さ故か、女の子の言葉は、今一つ要領を得ない。

「お母さん、ここへ迎えにくるって言ったんだよね？」

一応念を押すと、女の子が深く頷く。

まだ辺りには靄がかかっているが、いつしかすっかり夜が明けたようだ。空が明るくなっている。

「ねえ、暑くないの？」

ずっと気にかかっていたことを、健斗は口にした。

いくら都会よりは涼しい山中とはいえ、真夏なのに、女の子はダウンジャケットを着ている。しかもその黒いダウンジャケットは、子ども用には見えなかった。女の子の小さな身体を、コートのようにすっぽり包んでいる。

「脱いだほうがいいよ。日が出てくると、暑いよ」

健斗は女の子のダウンジャケットを脱がせ、それを持ってやった。黒いダウンジャケットには量販店のロゴマークの入ったタグがついている。ナイロンのすべすべとした感触も生々しい。

段々、この世界が夢の中なのか、そうでないのか、境目が曖昧になってきた。

「……ずっと、暑かったの」

女の子がぽつりと呟く。

ひらひらとしたシャツに、オーバーオールを着た身体があまりにか細く、健斗は胸がずきりと痛むのを感じた。

「ねえ、お兄ちゃん。お母さん、見つかる？」

女の子が不安そうに問いかけてくる。

「二人で見つけよう」

健斗が言うと、女の子は泣き濡れた顔に、花がほころぶような笑みを浮かべた。その愛くるしい笑顔を見つめながら、この子の母親を捜さなければならないと、いつしか健斗は本気で考え始めていた。

湖の周辺には遊歩道があり、白樺の木立を抜けて長く延びている。その方角に視線を凝らし、健斗はハッとした。

薄靄の向こうに、古いお屋敷のようなものが見え隠れしている。

ひょっとすると、母親はあそこにいるのかもしれない。最悪いなくても、なにかしらの情報はもらえるはずだ。

女の子の手を引いて、健斗は屋敷に向かって歩き始めた。

スレート瓦の黒い屋根。壁をびっしりと覆う緑の蔦は、大きな煙突の先端にまで及んでいる。

近づくにつれて全貌が明らかになってきたのは、なんとも古めかしい西洋風の邸宅だった。

城壁を思わせる壁に、「山亭」と書かれた看板が埋め込まれている。

山亭——ということは、旅館かなにかか。

周囲には黒い針葉樹の森が広がるばかりで、この山亭以外、なにもない。やはり、女の子とその母親は、ここを目指してきたのに違いない。

立派な門に近づくと、玄関へ続く石畳の途中に、人影が見えた。

自分と同い年くらいの茶髪のボーイが、石畳の上にじっと立ち尽くしている。

「あの人に聞いてくるから、ちょっと、ここで待っててね」

女の子を門の前に残し、健斗は山亭の敷地内に足を踏み入れた。

「すみませ……」

声をかけかけて、眼を見張る。

通路（アプローチ）の掃除でもしているのかと思ったが、ボーイはじっと目蓋（まぶた）を閉じて、精神統一をしているようだった。そのボーイの全身から、ゆらゆらと陽炎（かげろう）のような靄が立ち上っている。

まさか、周囲に立ち込めているこの靄って——。

揺らめく靄に包まれた瞬間、健斗は信じがたいほどの眠気に襲われた。一気に意識が遠ざかっていこうとするのを、健斗はなんとか引き留める。

門の外に、女の子がいる。あの子を一人にしておくわけにはいかない。

「だ、誰か……！」

呻くように声を絞り出すと、茶髪のボーイがパッと目蓋をあけた。大きく見開いた瞳が、一瞬、橄欖石のような光を放つ。

「わっ、子ども！」

どう見ても同年代にしか見えないボーイにいきなり「子ども」呼ばわりされて、健斗はむっとした。

それを言ったら、自分だって「子ども」じゃないか。

文句を言ってやりたいが、もう立っていられない。朦朧としながら、健斗は石畳に膝をついた。

「ねえさん、ねえさーん！」

茶色い髪を振り乱し、ボーイが山亭の玄関に向かって駆け出していく。

「なによぉ、朝っぱらからうるさいわねぇ」

重そうな木の扉があき、白地に黒と褐色を散らしたプリント柄のワンピースを着た小太りの女性が、屋敷の中から顔をのぞかせた。

「どうしよう、ねえさん。子どもが引っかかっちゃった」

「はあ？　子どもぉ？」

健康的に太った女性が、硝子玉のような眼をますます丸くしてこちらを見る。

「あーらぁ、本当にまだ子どもじゃないのぉ」

だから、子ども扱いすんな。

「こんなの青臭くて、さすがに吸えないわよぉ」

吸うって、なにをだ。

「金も持ってなさそうだしね」

客商売とはいえ、随分露骨な従業員たちだ。

「今日は、あんたが網を仕掛けたんでしょう？」

「オーナーから教わった通りにやってみたんだけど、俺には雪とか嵐とか無理だから、朝靄の力を借りてやってみたっすよ。そしたら、こんな、利用価値なさそうなのが引っかかっちゃった」

「お、女の子……」

なにを言われているのかは不明だが、相当失礼なことだけは分かる。

言いたいことは山ほどあったが、とにかく、あの子のことだけは伝えなければいけない。

「あ、なにか言ってる」

「へえ、まだ意識を失わないなんて、結構根性のある子どもねぇ」

ボーイと小太りの女性が近づいてくる。

「も、門のところに、女の子が……」

健斗は必死に声を絞り出した。

「誰もいないっすよ」

だが、ボーイからあっけらかんと告げられる。

そんなはず、あるわけない。

力を振り絞って、健斗は門の向こうを見やった。そこで自分を待っていたはずの女の子の姿が忽然と消えている。

そんな、そんな。あの子は一体、どこへ――。

「あらぁ、この子が持ってるの、旦那さまのジャケットじゃなぁい？」

小太りの女性が、少し上を向いた鼻をくんくんうごめかせながら近づいてきた。

「旦那さまの残り香、やっぱり最高～。あらぁ？　でも、違う匂いも混じってるわねぇ。この匂いは……、確かに、小さな女の子のものだわねぇ」

ダウンジャケットに鼻を押しつけてくる女性から逃れたいが、もう、抵抗できない。

「一応、オーナーに報告したほうがいいすかね？」

「うーん、微妙ねぇ。オーナー、容赦がないとこあるから、利用価値ないなら、切って捨てろとか言うかもよぉ」

「そりゃ、いくらなんでも可哀そうかな」

ボーイと女性はなんだか物騒なことを言い合っているが、既に頭が回らなかった。耐え切れず石畳に横たわり、健斗はついに意識を手放した。

気がつくと、健斗は寝床に横たわっていた。

全部、夢だったんだ……。

まだぼんやりしている頭の中で、健斗はうっすらと考える。青い湖も、女の子も、山亭も、なにもかも夢の中の出来事だ。

ここは合宿所の狭い寝床で、今日もこれから、地獄の特訓が始まる。

しかし、はっきりとしてきた視界に豪華な天蓋が入り、健斗は羽根のように薄い掛け布団を蹴って跳ね起きた。

合宿所のベッドに、こんな洒落た天蓋なんてあるわけがない。第一、寝心地が良すぎる。

ここ、どこだ。

どっしりとした萌黄色のカーテン。クッションの置かれた大きなソファ。半分扉の開いた木目調のクローゼットには、黒いダウンジャケットがハンガーに吊るされている。

豪奢な設えの部屋にいることに気づき、健斗はじっとりと汗をかいた。

「あ、気がついた？」

背後から声をかけられ、もう少しで絶叫しそうになる。

音もなく、茶髪のボーイが近づいてくるところだった。

「これ、食える？　パンガーさん特製のアイリッシュオムレツ」

差し出された皿には、丸いロールパンを二つ添えた黄金色のオムレツが載っていた。

ふんわりと漂うバターの香りが鼻腔をくすぐり、健斗は不覚にも生唾を飲み込む。

でも、こいつ、何者だ。

健斗はとっさに枕を盾にして、視線をとがらせた。

全身から陽炎のような靄を立ち上らせていた姿や、意識を手放す前に耳にした物騒な会話を思い返すと、警戒心が先に立つ。

「ああ、そんなに怯えなくていいから。毒とか入ってないし」

ボーイが面倒くさそうに顎をしゃくった。

「いらないなら、俺が食っちゃうよ」

皿を引っ込められそうになり、健斗は慌てて身を乗り出す。

「べ、別に、怯えてなんかないし」

あまりに美味しそうな匂いに、警戒心よりも食欲が勝ってしまった。サイドテーブルの上に皿を置き、フォークを手にする。

大きくカットして口に入れると、ふわふわの卵の中に、かりかりのベーコンとほくほくのマッシュポテトが、たっぷりと入っていた。

「うっま……」

思わず声が出る。

味はもちろん、食感といい、香りといい、とても夢の中とは思えない。ロールパンも焼きたてで、二つに割って、オムレツを挟んで食べると最高だった。

夢中でオムレツサンドを頬張る健斗を、茶髪のボーイは満足げに眺めている。

そんなに悪いやつじゃないのかな――。

食欲が満たされたせいか、健斗の警戒心も薄れ始めた。

「なあ、これって、夢だよね？」

念のために、尋ねてみる。

「さあね」

どうでもよさそうにボーイは肩をすくめた。

「あんたの眼に映るものが夢か現実かなんて、俺に分かるわけないじゃん。あんたの眼に映ってるものが、俺の眼に同じように映るわけじゃないんだから。みんな違う眼で物事を見てるんだしさ」

軽薄そうな見かけの割に、随分理屈っぽいことを言う。

「そういうポエムは、どうでもいいから」

「ポエム？　ああ、詩のことか」

健斗は腐したつもりだったのに、ボーイは眼を見開いて大きく首を横に振った。

「詩なんてだいそれたこと、俺にはできないよ。ときに、詩は魔法を凌ぐこともあるからね。あの憎たらしいシャンハンの野郎は、詩人の長だというだけで、ケット・シーの王でさえ罵ることができたんだ」

シャンハン？　ケット・シー？

「なに、それ」

「パンガーさんから聞いた話っすよ」

職業柄なのか、ボーイの口調には、たまに妙な敬語が交じる。

「パンガーさんって？」

「この山亭の料理長。アイルランドからきたんだ」

窓際に近づくと、ボーイは萌黄色の分厚いカーテンをめくった。

「見てごらん。鶏小屋から出てくるのがパンガーさんだ」

健斗はベッドを下りて、ボーイと並んでカーテンの隙間から表を覗く。

この部屋は二階にあるらしく、山亭の中庭が見下ろせた。庭の隅の鶏小屋から、真っ白な長い髪を背中に垂らした大男が出てくる。大男が手にしている籠には、いくつかの卵が入っていた。

「あの人はさ、学ぶ人が好きなんだ」

「学ぶ人？」

ボーイはもっともらしく頷いた。

「あの人は大昔、修道士と一緒に暮らしてたことがあるんだよ。一つの部屋で、それぞれ自分の仕事をするのが、至福の時間(ブリスフルモメント)だったんだってさ」

なんのことだか、さっぱり意味が分からない。

健斗の不可解顔をよそに、ボーイがずいと身を寄せてきた。

「ほら、ああやっていつも朝食に、産みたての卵を用意してくれるんだ。さっき、あんたが食べたオムレツもそうだよ」

皿を持ってきたとき、ボーイが「パンガーさん特製のアイリッシュオムレツ」と口にしていたことを、健斗は思い出す。

こんなに美味しい朝食を出すなんて、ここは相当高級なホテルなのかもしれない。

健斗は急に、自分が場違いな場所にいる気がしてきた。

「そう！　発端は卵だったんだよ」

健斗の気まずさにはまったく気づかぬ様子で、ボーイが頓興(とんきょう)な声をあげる。

「え、なにが」

「だから、シャンハンの野郎のことさ」

ボーイはカーテンから手を離し、いきなり滔々と話し始めた。

シャンハンという名の男が詩人の長の地位についたとき、アイルランドの王は彼のために盛大な宴を開いた。

「ところがシャンハンの野郎が、もったいぶっていつまでも食事に手をつけなかったせいで、ついには鼠がでてきて、奴の好物の卵をかっさらったんだよ」

激昂したシャンハンが鼠を呪う詩を口にすると、ほとんどの鼠はその場で息絶えた。

それでもシャンハンの怒りは収まらず、矛先は宴に招かれていた猫妖精ケット・シーの王アルサンの息子、イルサンに向けられる。

「そもそも自分がぐずぐずしていたのが悪いくせにさ、シャンハンはイルサンに向けて〝鼠も捕れない役立たず。いずれお前は尻尾を吊るされ、鼠に嘲笑われる〟と、呪いの言葉を吐いたんだ」

「それで？」

茶髪のボーイの意外な話術に、健斗は少々興味を引かれる。

「いずれはケット・シーの王となる誇り高いイルサンは、そりゃあ激怒したさ」

イルサンは鋭い歯でシャンハンをくわえ、父、アルサンのもとへ連行しようとした。

ところが、大詩人がさらわれようとしていることに気づいた聖人が、イルサンに鉄の棒を打ちつけた。イルサンは息絶え、シャンハンは九死に一生を得たが、聖人に感謝することもなく、「余計なお世話だ」と却(かえ)って罵倒(ばとう)したという。

「なんだ、それ」

詩人のあまりの横暴さに、健斗はあきれる。

「それくらい、詩の力っていうのは強大だってことだよ。王や聖人までが恐れるほどにね」

ボーイが当たり前のように言って、両腕を広げてみせた。

この出来事以降、横柄な詩人の長の不興を買わないよう、アイルランド王はますます気を遣ったというのだから相当なものだ。

詩(ポエム)なんて、人を小馬鹿にするときに使う言葉だと思っていたけれど……。

王や聖人からも恐れられる大詩人シャンハンに、どこかからぎろりとにらまれた気がして、健斗は再び窓の外に視線をさまよわせた。

カーテンの隙間から覗く中庭に、今度は長い黒髪の男が歩いていくのが見える。

すっと背筋を伸ばした姿は美しく、しかし、小さく見える横顔は冷たく、辺りをはらうようだった。

「やっべ、オーナーだ」

ボーイが素早くカーテンを引く。

「あんた、そろそろ帰ったほうがいいね。オーナーに見つかる前に」

オーナーに見つかると、やっぱりまずいのだろうか。

「俺、オーナーのこと尊敬してるけど、あの人、まじ容赦ないのよ」

健斗の顔色を読んで、ボーイがつけ足した。

つまり、正当な料金を請求してくるということか。

健斗は豪華な部屋や、美味しかったオムレツの皿を見回す。

それは、ちょっと困るかもしれない。

「俺の未熟な術で、あんたみたいな子どもを引っかけちゃったけどさ。ねえさんと相談した結果、オーナーには内緒で、あんたはこのまま帰すことにするよ」

なにを言われているのか理解できず、健斗はぼんやりボーイを見返した。

「まだガキだし」

それはお互いさまだ。

「でもさ……」

ボーイがじっと健斗を見つめる。

「あんた、ガキのくせに、なんの迷いをそんなに抱え込んでんの？」

「迷い？」

「あんた、女の子がいるとか言ってたけど、その子とは青い湖で会ったんだろ？」

なぜボーイは、そんなことを知っているのだろう。

「あの青い湖は、迷える魂の揺りかごみたいなもんだからね。言い換えるなら、迷いのある人間しか近づけない。そこが厄介と言えば、厄介なんだ」

健斗が黙り込んでいると、ボーイは肩をすくめた。

「そうね。人間の心には、大抵迷いがあるけど、あの湖に引きつけられるのは相当なもんだよ。結構お荷物抱えてんじゃないの？　だから、未熟な術にも簡単に引っかかる。ま、俺には迷いなんて一つもないけどねー」

茶髪を指に絡め、ボーイは「へへへっ」と笑った。

お気楽そうで羨ましい。

意味不明なことばかり口にするボーイだが、荷物を抱えているという指摘に関しては、頷かずにはいられなかった。重荷なら、目一杯抱えている。

「これが夢なら、覚めたくないな……」

気づくと健斗は、ぽろりと本音をこぼしていた。

「なんでさ」

ボーイが怪訝そうに眉を寄せる。

「戻ったって、地獄が待ってるだけだもの」

「地獄？」

「そう。部活の強化合宿なんて、ただの地獄だよ」

「どういうことさ」

問われるままに、健斗はこれまでの経緯を説明した。

勝てば勝つほど、大きくなる負担。過剰な練習。顧問の圧力。大好きなアメリカンフットボールを嫌いになりかけていることも――。

「おかしな話だね」

最後まで聞いていたボーイは首を傾げる。

「みんな、好きで部活を始めたんじゃないの？」

「そりゃ、そうだよ」

「だったら、別に苦しむ必要なんてないじゃん」

「だからさ……！」

自分の話を理解していないのかと、健斗は苛立(いらだ)った。

「勝ってつらくなるなら、勝たなきゃいいじゃん」

「そんなわけにいくか。勝たなきゃ駄目に決まってる」

「なにが、駄目？」

「だって、試合に出るのは勝つためだもの」

「それじゃ聞くけど、みんな、そんなにぼろぼろになるまで練習して、本当に勝てるの？　やり抜くって、無理すること？　練習するより、事故りたいっていう選手が活躍できるの？」

「そ、それは……」

次々と指摘され、言葉に詰まる。

「一体、なにが目的なのさ」

ボーイがあきれたように眉を上げた。

目的――。

健斗自身にも、それが分からなくなっていた。

「あ、まさか、負けたときの言い訳のためとか？」

痛いところをつかれ、頭に血がのぼった。

「だって、仕方ないだろ！　俺、主将なんだもの。俺たちの代になって駄目になったとか言われたら、他の部員にだって悪いし、ＯＢの先輩や、やめてったやつらにだって、顔向けができないだろ」

「べっつにいいじゃん」

健斗は必死に弁明したのに、一言で撥ね返される。

「誰からどう思われようが、知ったことじゃないよ。要は自分がどうしたいかさ」

ボーイは頭の後ろで腕を組んだ。

「俺もねえさんもパンガーさんも、この山亭でオーナーについて修業している身だけど、それぞれ目的は違う。もちろん、オーナーともね。みんな、自分の目的のために、自分を鍛えてるんだ」

きらりとボーイの眼が光を放つ。

「俺たちは、もともと群れを成したりしない。一緒にいるのは、それぞれの目的のためだ。だからいつだって自由だし、迷ったりしないのさ」

ボーイの自信にあふれた笑みに、健斗は悔しさを覚えた。

本当は、自分たちの部活だって、そうあるべきだったのかもしれない。

適材適所。平等、公平、機会均等――。それこそが、アメリカンフットボールの醍醐味なのだから。

「顧問のせいだ」

気づくと、健斗は口走っていた。

こんなことになった元凶は、顧問の塩野だ。絶対、そうだ。

「あいつさえいなければ、俺たちはもっと……」

拳(こぶし)を握る健斗に、「へえ」と、ボーイが面白そうな顔つきになる。

「その顧問って、どんなやつ？」

しかし改めてそう聞かれると、健斗は自分の思いをまとめられなくなった。ただの教師ならいくらでも批判できるのに、部活の顧問兼監督は、なぜだか不可侵に思えてくる。

〝やり抜いた人間だけが成果を出せる〟

塩野の口癖が耳元で甦り、健斗はなにも言えなくなった。

「なるほどね」

ボーイは興味深そうに、健斗の様子を眺めまわす。

「あんたの迷いの原因はそこか」

すうっと眼を細め、ボーイが顔を近づけてきた。

「そいつ、歳いくつ？　男？　女？　どんな人間？」

「多分、四十くらい。男で、背が高くて、がっちりで……」

「がっちりで？」

「威圧的」

言ってしまってから、ひやりとする。こんなことを言っているのがばれたら、またしてもチーム全員の前で吊るし上げられる気がした。

「ふーん……」

ボーイが茶髪を指に絡めながら、小声で呟く。

「そいつなら、化かし甲斐がありそうだよねぇ」

「え？」

聞き返そうとした健斗を遮るように、耳元で囁かれた。

「その顧問に、どうなってほしい？」

「……消えてほしい」

それは健斗の正直な気持ちだった。

「了解」

ボーイがにやりと笑う。

「前言撤回。まだ、帰らなくていいよ。今度はそいつを目当てにオーナーに網を仕掛けてもらうから、陰に隠れて見ていたらいい」

言葉の意味はよく分からなかったが、気づくと健斗はぼんやりと頷いていた。

「きっと、面白いことになるよ」

舌なめずりするように笑うボーイの口が、一瞬、耳元まで裂けた気がした。

網を仕掛けるとは、果たしてどういう意味だろう。

ボーイの言っていたことは半分も理解できなかったが、健斗は大きな暖炉のあるロビーに通じる配膳室の片隅に隠れていた。

扉の隙間から、そっとロビーの様子を窺ってみる。

本当に、塩野がここへくるのだろうか。

絨毯が敷き詰められたロビーには、暖炉の他に、古めかしい柱時計があり、かちりこちりと時を刻む音がした。季節がら暖炉に火は入っていなかったが、積まれた薪が、乾いた木の匂いを漂わせている。

それにしても、妙に涼しい。少し肌寒いくらいだ。

健斗は手にしていた黒いダウンジャケットを羽織ってみた。ここを出たら、女の子に返すつもりで部屋から持ってきたのだ。

このジャケットの本当の持ち主は誰だろう。

小太りの女性が「旦那さま」と言っていた気がするけれど、あの女の子とは、どういう関係の人だろう。

なぜか「父親」という概念は、健斗の頭に浮かばなかった。

それだけはないという確信があった。

しかし、どうしてそう思うのかと考えようとすると、再び頭の中に霞がかかったようになる。

ロビーは薄暗く、しんと静まり返っていた。そう言えば、この山亭で、他の客の姿を見たことがない。チェックイン前の時間なのだろうか。

一体、今、何時なんだろう。

柱時計の文字盤を読もうと首を伸ばしかけたとき、大きな音をたてて玄関の扉があいた。途端に雨まじりの突風が吹いてきて、健斗は慌てて首を引っ込める。

肌寒いはずだ。いつの間にか、表は大荒れの天候になっていた。

「いやあ、助かりましたよ。突然の大雨で」

野太い声が響き、健斗はびくりと身をすくめる。

本当に、塩野がやってきた。

「この嵐ではさぞやお困りでしたでしょう」

冷たく澄んだ声は、黒いスーツに身を包んだオーナーだ。塩野を暖炉の前のソファに案内している。

「お客さまにタオルを」

オーナーがパントリーに向かって声をかけてきたので、健斗は分厚いカーテンの陰に身を隠した。向こうからは死角になっていると分かってはいても、塩野に見つかるのが怖かった。

「はぁーい」

部屋の奥からタオルを持った小太りの女性が現れる。女性は健斗にちらりと流し目をくれると、なにくわぬ表情でロビーへ出ていった。

「実は生徒が一人、合宿所から脱走しましてね」

女性から手渡されたタオルで身体を拭きながら、塩野が大声で話している。

「私は部活の顧問で、この近くに夏合宿にきているんですがね、どうせ、練習がきつくて逃げ出したんですよ。主将のくせに、責任感のかけらもない。最近の子どもは根性がなくて、本当に困りものです」

「それは大変でしたね」

「どうせ、遠くへはいっていないはずです。それほどの勇気もない奴ですからね。見つけ出したら、しっかり締め上げてやりますよ」

塩野が放つ言葉に、健斗は唇を噛んだ。

「この雨です。案外、もう合宿所に戻っているかもしれませんね」

オーナーは如才なく調子を合わせている。

健斗が隠れている場所からは横顔しか見えないが、ちょっと驚くほどの美男だ。肌は透き通るように白く、長い黒髪には艶があり、鼻筋が通り、睫毛が長い。髪の隙間から見える形のよい耳には、金色のピアスが光っていた。

「もしよろしければ、軽いランチなどいかがでしょう。ここにアイリッシュシチューを運ばせますが」

「いや、さすがに生徒を捜さないと……」

塩野は一旦断りかけたが、美貌のオーナーに見据えられると、急に言葉尻を濁らせた。

「そ、そうだな。いただこうかな」

まるで誘導されるように、塩野が頷いている。

その言葉を待っていたかの如く、パントリーの奥から、ドーム形の銀色のカバーを伏せた皿を持った真っ白な髪の大男が現れた。

料理長のパンガーだ。

カーテンの陰に隠れている健斗に、パンガーが視線を寄こす。その両の瞳の色が違った。片方は水色で、もう片方は光の加減によっては金色にも見える薄い褐色だった。

オッドアイに、一瞬優しげな色が浮かんだ気がした。

「あの」

カーテンの陰から、健斗はおずおずと声をかける。

「オムレツ、ありがとうございました」

すると、パンガーが身をかがめた。

「パンガーはパンガーの仕事をしたまでだ。お前はお前の仕事をするといい」

囁くようにそう告げると、パンガーは大股で、ロビーに皿を運んでいった。

「パンガーさんは、若い学ぶ人が特に好きだからね。あんたみたいな高校生に弱いんだ」

　ふいに声をかけられ、健斗は飛び上がりそうになる。背後からボーイが忍び寄ってきていた。

　この人たち、全員足音がしない。

　気がついて、健斗はごくりと生唾を飲んだ。大男のパンガーに至るまで、風のように静かに傍をすり抜けていく。

「見ててごらん。絶対、面白いことが起きるよ」

　ボーイが塩野の後ろ姿を指さした。

　塩野は暖炉の前のソファで、オーナーと向き合ってアイリッシュシチューを食べているようだった。

「部活動というのはですね、社会に出てからも必須となる、実践力と精神力を培う場なんですよ。たとえ将来運動選手にならなかったとしても、やり抜いたことは、必ずその子どもの力になる。すべては生徒たちのためです」

　保護者の前でもよく口にしている持論を、塩野がぶち上げている。オーナーはにこやかに相槌を打ち、近くのフロントデスクで、小太りの女性とパンガーが、二人の様子をじっと見詰めていた。

「しかし、やってられませんよ。部活の顧問は残業代も出ませんし、資料用のＤＶＤ

をそろえるのも、上限を超えれば自腹です。土日の指導に一日中かけても、手当はたったの数千円ときている。よく〝ブラック部活〟なんて言葉を聞きますが、本当にブラックな目に遭っているのは、生徒じゃなくて教師のほうですよ」

あれ――？

健斗の中に、意外な思いが込み上げる。

理想論を語っていたはずの塩野の態度が、いつしか崩れ始めていた。

「しかし、先生は熱心にご指導をされている」

「まあ、そうですね。こう言っちゃなんですが、うまみも充分ありますからね」

「うまみ、ですか」

「授業中はよそ見ばっかりしている生徒たちが、こっちの意見をほいほい聞くのなんて、部活だけですから」

塩野の口調がどんどん明け透けになっていく。

「校長や保護者だってそうですよ。成績を上げたところで、それはやって当たり前。それどころか、学習塾の成果だと言い出す親もいる。ところが部活の功績は、百パーセント、監督も務めている私のものですからね。大会で勝てば私の評価が爆上がりですよ」

生徒のためと言っていた口でなにを言う。

唖然とする健斗の横で、ボーイがくっくと笑い出した。

「あのアイリッシュシチュー。黒ビールがたっぷり入ってるんだけど、パンガーさんの黒ビールは特別なんだ。本人も知らないうちに、本音しか口にできなくなるんだよ」

それでは、これが塩野の本音なのか。

健斗は呆然と、恐れていた顧問の後ろ姿を眺める。

「うるさい保護者も、こと部活となれば、監督であるこちらを簡単に信奉する。中元歳暮はさすがに受け取れませんが、それに匹敵する差し入れは随分もらいましたね」

言われてみれば、試合のとき、塩野に豪華な弁当や飲みものを差し入れている部員の保護者は結構いた。恐らく、それ以上のこともたびたびあったのだろう。

「教師をやってて、こんなに感謝崇拝されるのは、部活のときだけですよ。まあ、ちょっとした王さま気分ですね」

塩野が「わっはっは」と声を響かせて笑った。あまりのことに、健斗はあきれ果てる。

俺は、こんなのを怖がってたのか――。

その言葉が正論に聞こえるからこそ、塩野のことが怖かったのに、こんなに自分本位な考えしか持っていなかったなんて……。

ボーン　ボーン　ボーン　ボーン

そのとき、柱時計が四つ鳴った。

「あれ？　もう、四時か」

塩野が意外そうに柱時計のほうに身を乗り出す。柱時計の文字盤の下の扉が開き、時計の内部から金色の皿が出てきた。

金色の皿に載っているのは、剣を振りかざす騎士と、その騎士に挑みかかっている巨大な猫の像だ。騎士の鎖帷子(くさりかたびら)に、猫は鋭い爪を立てていた。

「随分、変わったからくりですね」

「アーサー王伝説に出てくるローザンヌ湖の怪猫ですよ」

なんでもないように、オーナーが告げる。

「先生のお話を聞いていて、丁度この伝説のことを思い出しました」

「ほう。では、私はアーサー王ですかな」

「よろしければ、この伝説についてお話ししましょうか」

「それはぜひ伺いたい」

アーサー王気取りの塩野を前に、オーナーはゆっくりと話し始めた。

「ローザンヌ湖畔に住む漁師が、ある日、湖に網打ちに出かけました。〝最初に網にかかった魚は神に捧(ささ)げる〟と漁師は敬虔(けいけん)な誓いをたてますが、かかった魚が素晴らしい大物であるのを見ると、つい欲をかき、〝次の獲物こそを神に捧げる〟と最初の誓

い を反故にしてしまいます。ところが、次に網にかかったのは、最初の魚を上回る上物だったのです……」

結局漁師は、〝三度目の網に入ったものこそが神のものだ〟と嘯き、またしても獲物を自分のものにする。

「三度目に引き上げた網に入っていたのは、石炭の塊のような小さな黒猫でした」

「黒猫？」

「さようです」

オーナーの白い頰に、冷たい笑みが浮かんだ。

「この黒猫を見た途端、漁師は自分の家に鼠が出ることを思い出しました。そして、やはりこの猫も自分のものとするべく、家に連れ帰ってしまうのです」

最初のうちこそ猫は大人しかったが、神への誓いをことごとく破った報いか、やがては恐ろしい怪物へと成長し、漁師とその妻、子どもたちまでを惨殺し、ローザンヌ湖畔の洞窟に棲みつくようになる。

「伝説では、ローザンヌ湖畔の領民たちから怪物退治を依頼された若きアーサー王が、化け物となった猫と死闘を繰り広げ、やがては勝利することになっています」

つまらなそうに言ってから、オーナーは黒曜石のような瞳をじっと塩野に据えた。

「けれどこの場合、本当に悪いのは猫でしょうか。成果に眼がくらんで、当初の誓いを反故にした、漁師に原因があったとは思えませんか。あなたなら、胸に覚えがあるでしょう」

「そ、それは……、一体どういう意味だ」

心なしか、いつも強気な塩野の口調に勢いがない。

「生徒のため」

オーナーがソファから立ち上がった。

「生徒のため」

フロントデスクから小太りの女性が出てくる。

「生徒のため」

そこにパンガーも加わった。

「けれど、本当は全部自分のためにしたことだ。最初の誓いはどこへいった？　今現在、あなたがこだわっているのは、ただの欲深い快楽だ」

三人が塩野をぐるりと取り囲んだ。

「欲深い漁師はどうなった？」

「最初の誓いを忘れた漁師は、どうなりましたっけぇ？」

「パンガーはパンガーの仕事をする。漁師は漁師の仕事をしたか？」

どんどん詰め寄られ、塩野の後ろ姿が金縛りにあったように動かなくなる。カーテンの陰から一部始終を見ていた健斗は、背筋が凍りつくのを感じた。

三人の口が耳まで裂け、髪がうねうねと逆立っている。

そして――。

大きく裂けた口を極限まで開き、三人が寄ってたかって、塩野の身体から湧き上がるなにかを吸い始めた。

「あ、俺も、もらおうっと」

パントリーから飛び出していこうとするボーイを、健斗はすんでのところで押しとどめる。

「あの人たち、先生に、なにしてるんだよ」

「決まってるだろ」

振り返ったボーイの形相に、健斗は息を呑んだ。見開かれた眼球の瞳孔が、鋭い針の形に光っている。

「いただくんだよ、精気をさ！」

ボーイの最後の一言に、全身が粟立った。

「やめろっ」

「なんでだよ」

必死に遮ろうとする健斗を、ボーイがうるさそうに振り払う。凄まじい力に、健斗の身体が壁にたたきつけられた。

痛い——！

やっぱり、夢じゃない。

そう悟るのと同時に、健斗は死にものぐるいでボーイの足に縋りついた。

「やめろってば」

「はあ？　なんだよ。しつこいなぁ」

「だって、あれじゃ、先生死んじゃうだろ？」

「あいつに消えてほしいって言ったのは、あんただろ」

「消えてほしいとは言ったけど、死んでほしいとは言ってない！」

「それのどこが違うんだよ」

蹴られながら、なおも足にしがみつく。

痛みに耐えていると、部活に入ったばかりのとき、心から頼もしく思えた塩野の笑顔が脳裏に浮かんできた。タッチダウンを決めた際は、髪がくしゃくしゃになるまで頭を撫でまわし、思い切り誉めてくれた。

最初のうちは、いいところだってあったんだ。

皆に見せてくれたアメリカンフットボールのＤＶＤも、自前でそろえたものだったのだろう。初めから、暴君だったわけじゃない。

「めんどくせぇなぁ。それじゃ、俺はいくのをやめるけど、もう手遅れだね」

根負けしたように、ボーイが溜め息をつく。

「ほかの二人はともかく、オーナーは誰にもとめられない」

ボーイの力が緩んだ瞬間、健斗は駆け出していた。

「やめろって！　あんたも巻き添えになる」

背後でボーイが叫んだけれど、もうパントリーから飛び出した後だった。

「塩野先生っ」

すっかり腰を抜かしたようになっている塩野に駆け寄り、ぎょっとする。

大きかった肩の筋肉が萎み、顔も老人のように白茶けて、すっかり生気が失せていた。

「なんだ、貴様はぁ！」

途端に頭上から割れるような大音声が響き、びくりと肩をすくめる。視線を上げ、全身から血の気が引いた。

これが、あの美男だったオーナーだろうか。

黒い髪をうねらせ、耳まで裂けた口から長い牙をむいた牡牛のような化け物がそこに居る。

その姿は、アーサー王の鎖帷子に爪を立てていた怪猫にそっくりだ。

「邪魔をするなぁっ！」

鋭い爪が振り上げられる。

健斗は両腕で頭をかばって身をすくめた。衝撃を覚悟していたが、なかなか痛みが訪れない。

ひょっとすると自分は、一撃のうちに命を絶たれてしまったのだろうか。

恐る恐る眼をあけてみれば、腕の隙間から、至近距離まで迫ったオーナーの怪物と化した顔が見えた。オーナーは鷲鼻（わしばな）をうごめかせ、健斗の、否、健斗が着ているダウンジャケットの匂いを嗅（か）いでいる。

なにかの匂いを嗅ぎ当てたのか、一瞬、怒りに猛（たけ）っていた琥珀（こはく）のような眼の輝きが、ふわりと柔らかく緩んだ。

その刹那（せつな）、突如周囲が真っ暗になる。

嵐のような突風が巻き起こり、健斗は全身を抱えてうずくまった。耳元を、獣の咆哮（ほうこう）を思わせる声や、なにかが崩れ去る音が通り抜けていく。途中で、ダウンジャケットをはぎ取られた。眼をあけたら、自分も連れていかれる。

本能的にそう感じ、固く目蓋を閉じていた。

どのくらいそうしていたのだろう。

すべての気配が消え去り、辺りがしんとした。そろそろと目蓋を開くと、合宿所の裏の山の中に、健斗はうずくまっていた。

山亭の影も形もなく、オーナーも、ボーイも、パンガーも、小太りの女性も誰もいない。

竹藪(たけやぶ)の向こうに、宿泊棟の屋根が覗いている。

塩野先生は――?

ふと気がつき、周囲を見回す。

「先生っ!」

竹藪の根元に、塩野がぼろ雑巾(ぞうきん)のようになって倒れていた。

「先生、先生、しっかりしてください」

声をかけると、微かな呻き声があがる。

命があることに安堵(あんど)し、健斗は塩野を肩に担いだ。よれよれになってはいても、元ラインプレイヤーの身体はさすがに重い。

でも、俺たち助かったんだ……。

健斗の口から、深い息が漏れる。

朝日が昇り始めた山の中、肩に塩野を担ぎ、健斗は合宿所に向かってよろよろと坂を下り出した。

「ここはひとつ、正攻法のランプレイで」

部活に戻ってきた孝明が考えたフォーメーションを、健斗たちは円陣を組んで聞いていた。

「クォーターバックの健斗の背後に、ランニングバックの勇太一人を配置するんだ。勇太からレシーバーの俺にパスがいくと見せかけて、実際には勇太がボールを持ったまま、敵陣に突っ込む！」

孝明の作戦に、健斗をはじめとする全員が力強く頷く。

九月半ばの日曜日。芝の練習場を借りての練習試合。

地区のベストエイトに進出したこともある相手の強豪校を、孝明はよく研究していた。作戦会議が終わると、全員がそれぞれの持ち場に散っていく。

健斗の背後で、勇太が「よっしゃ」と声を出した。その表情に、夏合宿の夜に見せた虚ろなものは微塵もない。

早朝、健斗が宿泊棟を脱走した後、夏合宿はすぐに中止になった。

顧問の塩野が「極度の過労」で、倒れたからだ。

二人が宿泊棟から抜け出していたことは、誰も気づいていなかった。

もしかしたら、もともとそうだったのかもしれない……。

あの日の記憶は日を追うごとに急速に薄れ、今では健斗自身も、何事もなかったように感じている。

日頃の無理がたたって塩野は倒れ、自分もまた、奇妙な長い夢を見ていただけだ。

その夢の内容も、詳細はほぼつかめなくなっている。

まあ、夢なんて、大概がそんなもんだよな――。

健斗はヘルメットをしっかりかぶり、己を納得させるようにそう考えた。

「極度の過労」で塩野が倒れて入院してから、アメフト部はサッカー部の顧問が当面兼任することになり、練習内容も改められた。週に一度は、外部指導者の指導も受けられることになった。

これまでフルタックルの練習を日常的にしていたことを話すと、強豪校のＯＢでもある外部指導者は眼を丸くした。

「そんなにしょっちゅう痣だらけになってたら、勝てるものだって勝てないだろ。部活動は根性論でするものじゃないんだから」

そもそも危険度も消耗度も高いフルタックルの練習は、週に一、二回で充分なのだそうだ。長時間の無理な練習はなくなり、土日もできるだけ身体を休ませるように指導された。

　サッカー部の顧問はアメフトのルールをほとんど知らないため、今では健斗たち部員が中心になって、時折外部指導者の指示を仰ぎながらも、本当に自主的に活動をしている。

　やめた孝明も戻ってきてくれて、今、健斗はアメフトが面白くて仕方がない。

　でも、俺たちはちゃんと考えなきゃ駄目なんだ——。

　どうして、部活がおかしな方向に傾いていったのか。

　その要因は、顧問の塩野だけではなく、きっと自分たち部員にもある。もっと大きく言えば、学校や保護者にも、その一因はあるのかもしれない。

　塩野だって、最初はただ熱心なだけだった。はじめのうちは本当に、自分たち部員のことを考えてくれていたのだろう。

　けれど、割に合わない〝サービス残業〟である部活指導を続けるうちに、当初の理想とはかけ離れた部分にうまみを見出していったのかも分からない。

　あれだけつらかったのに、健斗もまた、周囲の反応や顔色を窺うばかりで、自分たちの部活が異常だとは気づけなかった。

〝誰からどう思われようが、知ったことじゃないよ。要は自分がどうしたいかさ〟

　時折、脳裏に誰かの声が響く。

〝みんな、自分の目的のために、自分を鍛えてるんだ〟

声はいつも、そう続く。

〝俺たちは、もともと群れを成したりしない。一緒にいるのは、それぞれの目的のためだ。だからいつだって自由だし、迷ったりしないのさ〟

なにそのポエム。

以前なら、そう思ったかもしれない。

でも今は、その心の強さに敬意を覚える。

ポエムと言えば……。

夏休みの終わりに図書館にいったとき、不思議なことがあった。たまたま眼についた猫の表紙の本を手に取ってめくっていくうちに、「白猫パンガー」という詩を見つけたのだ。

パンガー？

どこで聞いたのかは思い出せないが、なぜかその響きが耳の奥に残っていた。

わたしと白猫パンガーは
互いの仕事に忙しい
パンガーの心はネズミ捕りに夢中

わたしはわたしの仕事に精を出す
世の名声なぞなんのその
ひがな書物に向かう静かな暮らし
パンガーがわたしを羨むことはない
パンガーにはパンガーの仕事があるからだ……

それは、九世紀頃にアイルランドの修道士が書いた詩で、猫と人間の友情を描いた恐らく最初の詩ではないかと言われているものだった。

厳しい戒律の下、聖典の写本に挑む若い修道士は、無心に鼠を追う一匹の白猫の姿に励まされ、彼を同志と感じていく。そんな解説が書かれていた。

一つの部屋で、それぞれ自分の仕事をするのが、至福の時間だったんだってさ――。

誰かがそんなことを言っていた気がする。

一つの場所で、それぞれが自分の仕事をする。それって、まるでアメフトみたいだ。

アメフトに限らず、互いに縛られることなく、同じ場所で自らの任務を果たしていくことができれば、やっぱりそれはすこぶる楽しいに違いない。

詩って、本当はすごいんだな。

改めてそう思う。

詩(ポエム)という言葉を、人を小馬鹿にするために使ったりしてはいけない。詩は、もっと畏(おそ)れ多く、強大な力を持つものなのだ。

だよな。

無意識のうちに誰かに語りかけ、ハッとする。

こんなことを自分に教えてくれたのは、一体誰だったろう。

一見軽薄そうな茶色い髪が、ひらりと眼の前を舞った気がした。

陣形が整い、健斗は意識を試合に集中させる。

先攻は、健斗たちだ。

自分の背後の勇太、オフェンスラインの横に立つ孝明に、健斗は視線で合図を送る。

勝ち負けにこだわるのではなく、まずはそれぞれの任務を果たし、ゲームをとことん楽しむのだ。まばゆい緑の芝のフィールドを、健斗は心地よい緊張感をもって見渡す。

「レディー、セット、ハット!」

秋空の下、健斗の試合開始のコールが、高らかに響き渡った。

第五話　背負う女

眼を覚ますと、長距離バスは深い山の中を走っていた。

シートにもたれたまま、五十嵐苑子は何度か眼を瞬かせる。腕時計を見ると、そろそろ正午になろうとしていた。すっかり眠り込んでいたようだ。

やっと眠れたんだ……。

苑子は小さく息を吐く。

ここ数日、睡眠導入剤を飲んでも、ほとんど眠ることができなかった。眠り方を忘れてしまったように、明け方まで苦しい寝返りを打ち続けた。

ようやく少しは休むことができたのだと、苑子は内心安堵する。覚悟を決めたら、却って気が楽になったということだろうか。それはそれで、皮肉なものだ。

シートの上で身を起こし、苑子は白くくもった車窓をふいてみた。外は冷たい雨が降っている。都心では銀杏も楓もまだ色づいていないのに、東北南部の山奥では既に紅葉は終わっているようだ。

小雨が降りしきる山中には、針葉樹の深緑と、冬枯れし始めた木々の褐色しか見えない。単調な車窓の風景から視線を離し、苑子は車中の様子を窺った。

紅葉シーズンからも、帰省シーズンからも外れているせいか、十一月半ばの平日の長距離バスは空いていた。

前方の席には、高速道路に入ったばかりのときは、盛んにお喋りをしていた老婦人たちがいる。今はすっかり静かになり、全員眠り込んでいるようだ。バスの中は暖房が利いて暖かく、加えて、規則的な振動が眠りを誘う。ずっと不眠気味だった苑子ですら、深い眠りに落ちたほどだ。

まばらに座っているほかの乗客は、ほとんどが白髪まじりの高齢者だった。乗客の中では、もうすぐ二十八歳になる自分が、間違いなく一番若い。

この路線の終点には、湯治ができる温泉があるのだっけ。

シートの背もたれから斜めにはみ出した老婦人の後頭部を眺めながら、苑子はぼんやり考える。それほど有名な温泉地ではなかったはずだけれど。

どの道、そんなことは関係ない。行き先なんてどうでもいい。

新宿の長距離バス用のターミナルで、苑子は適当にチケットを買った。所持金で間に合う金額で、空いていそうな路線ならどこでもよかった。

できるだけ人気のない場所で、バスを降りるつもりだ。

苑子はコートのポケットの中の小瓶を握り締める。山奥でこれを一瓶飲めば、朦朧としたまま目的を果たすことができる。

自分がこの世を去っても、家族を含め、悲しむ人はどこにもいない。

あの子なら、仕方がない――。

母ならきっと、そう言うだろう。たいして残念でもなさそうな顔をして。

それどころか、胸を撫で下ろして喜ぶ人もいるのかもしれない。

冷え切った眼差しで自分を見ていた〝恋人〟の様子を思い浮かべた途端、苑子の胸の奥がやすりをかけられたようにざらりと痛んだ。

雑踏の中、ふいに誰かから足をかけられた記憶が甦り、苑子は反射的に身をかがめる。もう少しで、駅の階段から転がり落ちるところだった。

一体、誰が足をかけたのかは分からない。なんとか持ちこたえて振り向いたときには、どの人も苑子のことなど一顧だにせず、せわしなく周囲を通り過ぎていくだけだった。故意だったのか、たまたま足が当たっただけなのかも定かではない。

もともと苑子は運動能力が著しく低い。なにもないところでも、よく躓く。子どもの頃から、家でも学校でも、「鈍臭い」と罵られてきた。

だから、すべては思い込みなのかもしれない。

別段、〝恋人〟が、私を陥れようとしていることなんて、ないのかも分からない。

だけど――。

あのとき、ホームから自分を見上げていた一人の男の顔を思い返し、苑子はコートの上から胸を押さえた。

ただ単に整髪にいっていないだけの、お洒落からは程遠い中途半端なぼさぼさの長髪。無精ひげの浮いた頬と顎。眼の下に浮いたどす黒い隈。いつも着ているよれよれのジャンパー。

苑子も見知った男だった。

〝恋人〟が勤めている店の前の駐車場をうろついている姿を、何度か見かけた。

気味の悪い男。

無意識のうちに、苑子はコートの襟を握り締める。

以前、店に通う苑子のことを、同じ男が駐車場からじろじろと見ていることがあった。

後に、男が店の向かいの雑居ビルに事務所を構えている弁護士であることを知ったけれど、苑子の不信感は消えなかった。否、一層嫌悪感が強まったとも言える。

弁護士や法が弱いものの味方だなんて、大嘘だ。弁護士は、雇い主のために方便を振るうにすぎない。

契約先の法務担当者のように。

〝その事実が判明したのはいつですか〟

法務担当者の詰問を思い返すと、苑子は今でも胸が苦しくなる。

〝正直に答えなさい〟

その口調は、とても弱いものの味方になんて思えなかった。

私、妊娠してるみたいなの……。

契約社員にも健康診断が実施されると聞き、不安のあまり、つい、同じく契約社員として働いている同僚に漏らしてしまった一言は、瞬く間に直属の上司に知られることとなった。

呼び出された会議室では、上司のほか、人事担当者と法務担当者が、険しい表情で苑子を待ち構えていた。厳しい追及に耐え切れず、おずおずと事実を告げれば、会議室にいた全員が、ますます冷たい眼差しになった。

〝五か月ということは、当社の面接の際に、既にそのことは発覚していたわけですね〟

彼らが放つ圧力に押しつぶされそうになりながら、苑子は絶望的な気分に襲われた。

やっと、まともな会社の事務職に就けたと思っていたのに。ようやく、データの打ち込み作業にも慣れてきたところだったのに。

〝要するに、あなたは事実を隠匿して採用された。それは、経歴詐称と同じことです〟

違う。本当に気づかなかったのだ。

あのときのことを思い返すと、額に脂汗が滲む。

つかんでいたコートの襟を放し、苑子はそろそろと下腹を触った。

〝妊娠しないって、言ったじゃん〟

法務担当者の詰問の後に脳裏に響いたのは、〝恋人〟の不機嫌極まりない声だ。

〝苑ちゃん、俺に嘘ついてたんだ〟

違う。嘘じゃない。

私は妊娠しないはずだった。

下腹を抱え、苑子はぎゅっと目蓋を閉じる。

初潮を迎えた当初からずっと生理不順で、二か月、三か月、生理がこないのも当たり前だった。やっときたかと思えば、十日以上だらだらと続く無排卵出血。出血が長引きすぎ貧血になったとき、妊娠は難しいかもしれないと診断されたこともある。

そのことを打ち明けたとき、〝そっか、苑ちゃんは、子どもが産めないんだ〟と耳元で囁いて、〝恋人〟は優しく苑子を胸に引き寄せた。

〝苑ちゃんは、可哀そうだね……〟

髪を撫でられているうちに、本当に自分のことが可哀そうに思えてきて、苑子は〝恋人〟の胸に縋って、幼い子どものように泣きじゃくった。

そんなふうに苑子を甘やかしてくれたのは、〝恋人〟一人だけだった。

だが、妊娠を告げた途端、彼の態度はがらりと変わった。

嘘つき、と彼は言った。

経歴詐称だと契約解除を宣告してきた、契約先の法務担当者と同じ顔をしていた。

全部、誤解だ。

私は、彼のことも誰のことも騙してなんかいない。

言い返したかったのに、どちらの前でも、苑子はただ無言でうつむくことしかできなかった。

いつもそうだ。

迂闊な一言を漏らすことはあっても、本当に言いたいことを言葉にすることができない。どうすれば、相手に伝わるのかが分からない。

昔から、誰も自分の言い分を聞いてくれようとしなかったから。

本当に可哀そうなのは、そんな自分のもとへやってきてしまった命だろう。

苑子は下腹をそっと撫でる。

この中で、命が育っているなんて、未だに信じられない。もともと小太りなせいもあるが、腹部の状態は今も以前とたいして変わらないし、悪阻もなかった。

どことなく身体がだるいのを感じて総合病院にいったときには、既に簡単には中絶できない妊娠中期に入っていた。懐妊を告げられて誰よりも驚いたのは、外でもない苑子自身だ。

〝恋人〟にとって、妊娠が歓迎されざるものであることは理解している。

でも、だからと言って、足をかけて自分を階段から落とすような真似を、彼がするだろうか。

すべては妄想だと思いたいが、ホームで薄気味の悪い弁護士と眼を合わせてから、苑子はその可能性を完全に否定することができなくなった。

いつも駐車場をうろうろしている無精ひげの眼つきの悪い男が、あの町界隈(かいわい)で日常茶飯的に起きているいざこざの仲介役を務めている弁護士だと教えてくれたのは、〝恋人〟だった。

〝結構多くの人がお世話になってるらしいよ〟

寝物語に、そんな話を聞かされたことがある。

頭の中に響く彼の声が、この期に及んでまだ甘く聞こえることに、苑子は唇を噛(か)んだ。

〝やばいことがあっても、うまいこと方法を探して、なんとかしてくれるんだってさ。なにかあったら、俺も頼もうかな。ま、俺は今のところ、やばいことはなにもないけど〟

くすくす笑う彼の声音を遠くに聞きながら、「悪徳弁護士」という言葉を思い浮かべる。

信じたくはないけれど、あの気味の悪い弁護士と結託して、〝恋人〟は妊娠を〝なんとかして〟しまおうとしているのかもしれない。

それくらいのことをされても、別に驚かない。もともと、自分にはどこにも味方なんていたことがないのだから。

苑子の中に、捨て鉢な気持ちが込み上げる。

子どもの頃から、母は苑子を相手にしてくれなかった。

一体、なにがいけなかったんだろう……。

今更のように、頭の片隅で考える。

苑子は北九州で生まれた。夜でも煙突の炎が赤々と空を焼く、「鉄の町」だ。一日中工場の騒音が絶えない狭いアパートの一室で、苑子は育った。

物心ついたときから、母は苑子のすべてを否定した。

可愛くない。頭が悪い。ぐず。嘘つき。役立たず……。

覚えているのは、母のそんな言葉ばかりだ。

本当に、自分のなにがそんなに母の癪に障ったのだろう。

黙っていると怒っているように見える、一重目蓋の眼のせいだろうか。そう言えば、母も弟も、綺麗な二重で大きな瞳をしていた。

「お前の眼つきは蛇みたいだ」と、言われたこともある。

ちらちらと人の様子を窺う様が陰気な蛇を思わせると、いきなり頭を小突かれた。

小学生の頃だったと思う。以来、苑子は母のことをまともに見ることができなくなった。

母は五歳年下の弟のことだけを可愛がり、弟の前と苑子の前ではまるで別人のようだった。母の姉に対する態度を見て育った弟は、物心つくと、面白がって一緒に苑子を邪険に扱った。それが当たり前だと思っている様子だった。

父は苑子につらく当たることはなかったけれど、苑子が中学に入った頃、突然家を出ていってしまった。その後、父とは一度も会っていない。

高校に入って始めたバイトの収入は、「生活費」としてすべて母に没収された。

それでもよかった。

お金を渡すときだけ、母がほんの少し優しくなったから。

ふいた窓硝子(ガラス)に映る自分の冴(さ)えない顔を見ながら、苑子は小さく息をつく。

結局自分は、そんなことでしか、相手の関心を引くことができない。だから、〝恋人〟に嵌(はま)ってしまった。

高校を卒業するのと同時に、苑子は誰にも告げず、逃げるように上京した。その頃になると、我儘(わがまま)放題に育った弟が、気に食わないことがあるたび、自分や母に暴力を振るうようになったからだ。

けれど本当に耐えられなかったのは、生活費を入れている自分よりも、気紛(きまぐ)れに暴力を振るう弟のほうを、母が相変わらず溺愛(できあい)していたことだ。

どうして母は、あんなに私を嫌っていたのだろう。

硝子窓に映る暗い眼をした自分を眺めながら、苑子は自問する。

蛇蝎(だかつ)の如くというたとえがあるけれど、母にとっての自分は、本当に蛇のような存在だったのだろうか。

蛇だったら、理由もなく嫌われても仕方がないかもね――。

苑子の口元に、捨て鉢な笑みが浮かんだ。

逃げるようにしてやってきた東京はすごいところだった。搾取されることを甘んじて受け入れていれば、未成年だろうといくらでも働く場所があったし、周囲の誰とも口をきかずに暮らすことだってできた。

保証人の要らないアパートは酷(ひど)いところが多かったが、母から疎まれ、弟から暴力を振るわれる実家よりはずっとましだ。何年もの間、物陰にとぐろを巻いて暮らす蛇の如く、苑子はじっと隠れるように暮らしていた。

ただ、働いて、食べて、寝て、また働く。その繰り返しだけで、よかったはずだ。

それなのに――。

苑子は窓硝子から視線をそらす。

寂しい、と思ってしまった。

一人で上京してきたときは、ようやく隠れ場所が見つかった気がしていたのに。故郷を捨ててから十年が経つのに、昔も今も、私は変わっていない。

いつだって、ないものねだりをしている。

欲しいものは手に入らないと知っているのに、優しさをちらつかされると、それが嘘だと分かっていながら、縋りついてしまう。

〝中絶手術は、基本的に保険の対象外になります。一時金が支給される場合もありますが……〟

妊娠を告げられたときの苑子の絶望的な表情を読み、女性の医師は申し訳なさそうに説明した。十二週未満の妊娠初期と違い、妊娠中期の中絶は、死産届や胎児の埋葬許可証が必要になることも。もう胎児の性別が分かるとも言われたが、苑子は大きく頭を振って、告知を拒んだ。そんなことを知ってしまったら、一層どうしてよいのか分からなくなる。

詳細が書かれたパンフレットを受け取る手の震えがとまらなかった。

〝時間が経てば経つほど、母体へのリスクも大きくなります。一刻も早く、お相手の方と相談なさってください〟

そう告げた医師の顔には、明らかな同情の色が浮かんでいた。

でも、もしあの医師が、〝お相手の方〟の生業を知ったら、それでも、苑子に同情してくれただろうか。

〝うちの娘なら、ぶん殴ってるよ〟

法務担当者からの契約解除の宣告を受けたとき、隣に座っていた人事担当の男性は、吐き捨てるようにそう呟いた。

〝採用したばかりなのにさ。まったく、使えねぇな……〟

未婚で妊娠した女性への風当たりは、かくも冷たい。

その上、相手が相手だと分かったら――。

苑子の〝恋人〟は、本当の恋人ではない。

彼は、苑子が寂しさを紛らわすためについ通ってしまった、女性向けクラブのホストだった。

店以外で会うこともあったけれど、決してつき合っていたわけではない。〝蓮〟という店での通称のほかは、苑子は彼の本名すら知らなかった。

それでも、呼び出されれば、どこへでも出かけた。汚れた部屋の掃除をするのも、部屋で食事を作るのも、本当に恋人になれたようで嬉しかった。

そうしたことも含めて、彼にとっては〝営業〟なのだろうと薄々分かってはいても、一縷の望みに賭けずにはいられなかった。

だって、彼は優しかったんだもの。

唯一、自分を否定しない人だった。

ホストが客を否定するわけないのにね……。

ふいに涙が込み上げそうになり、苑子は膝の上で拳を握る。

家事をさせるのに便利で、避妊の必要もなく、好きなときに好きなように好きなだけ抱ける。なにより、それほど売れっ子でない蓮にとって、一番の「太い客」。

その事実からは、常に眼をそらしていた。

妊娠を打ち明けてから、蓮とは連絡が取れなくなった。恐らく、着信拒否されているのだろう。携帯には何度かけても話し中だし、メッセージアプリもすべてブロックされた。店に電話をしても、取り次いでもらえない。

直接店を訪ねれば、すぐさま門前払いされる。ときどき訪ねていた自宅のアパートにも、長らく帰っていないようだ。

苑子とて、望まれない子どもを産むつもりはない。

そもそも母親になる自信がない。母に愛されなかった自分が、生まれてくる子どもを愛せるのかという疑念もある。

たいした覚悟もなく子どもを作ってしまった親たちが、育児放棄等の悲惨な虐待事件を引き起こすケースも、幾度となく眼にしてきた。

苑子の目蓋の裏に、可愛らしい女の子の顔が浮かぶ。

あれは、一年程前だったろうか。

去年の秋頃、盛んに報道されていたニュースがあった。

〝酷いことするよなぁ。どう考えてもまともじゃないよ。こんなことになるなら、端から子どもなんて産まなきゃいいじゃん〟

苑子に部屋の掃除をさせながら、ソファに寝転んでビールを飲んでいた蓮が、ワイドショーの画面を指さした。

〝ね、苑ちゃん〟

同意を求められ、苑子も曖昧に頷いた。

テレビには、我が子を死に至らしめた自分より少し若い母親の姿が何度も映し出され、コメンテーターたちは全員険しい眼つきで彼女を見ていた。

その眼差しに、苑子は覚えがあった。

リレーで転んだり、茶碗や皿を割ったり、様々な失敗をしたとき、クラスの中心の女子や、会社の上司や、母から向けられたものとよく似ている。

あの正しい人たちに、これ以上責められたくない。

〝経歴詐称〟〝嘘つき〟〝役立たず〟

投げつけられた言葉の礫の痛みがひりひりと全身に広がる。これ以上事が大きくなる前に、早く、なんとかしなければいけない。

しかし、たとえ一時金が支給されたとしても、その後の入院費や生活費のことを考えると、苑子は心細くてたまらなくなった。

十年間真面目に働いてきたのに、今の苑子にはほとんど貯金がない。もともと薄給だった上、食費を切り詰めてでも、蓮に貢いできたからだ。

少しでも母に優しくされたくて、バイト代を全額家に入れていたように、蓮の笑顔のために、飲めないお酒のボトルをどんどん入れた。蓮の自称誕生日にシャンパンタワーを頼んで、店の常連客全員に振る舞ったこともある。

高額なプレゼントも進んで渡した。デート代も、ホテル代も、すべて苑子持ちだった。

お金でつなぎとめられるなら、それでいいと思っていたのだ。

だが、すべてはお仕舞いだ。

奇跡的に面接に受かった、比較的大きな会社との契約も解除されてしまった。その上、経歴詐称による懲戒解雇なので、今月分の給与は出ないと言い渡された。

今まで散々貢いできた金額のほんの一部でいいから、中絶手術に入る前に返してほしい。そうしてくれさえすれば、後は一人でなんとかするし、もう会いにきたりしない。

それだけを蓮に伝えたいのに、方法がない。

駅で誰かに足をかけられたのは、店先で何度目かの門前払いを食った帰りだった。

ふらふらと歩いていた自分に原因があったのかもしれないけれど、手すりに縋って崩れ落ちそうな身体を支えた直後、ホームから自分を見上げているあの男と眼が合った。

なにかあったら、俺も頼もうかな――。

瞬間、蓮の声が耳元で甦り、冷水を浴びせられたように背筋がぞっとした。

やっぱり、雑踏に紛れて私を階段から落とそうとしたのは、蓮の仲間だったのだろうか。

ひょっとして、あの弁護士は、その首尾を確かめようとしていたのかも分からない。

固く握った拳が震えた。

でも、もういい。

そんなに邪魔なら、自分から消える。お腹の子と一緒に――。

そのほうが、この子だって寂しくないだろう。

苑子はもう一度コートのポケットを探り、中の小瓶を握り締めた。ネットで手に入れた、睡眠導入剤よりもずっと強い外国製の睡眠薬。これを大量に飲んで山奥で眠ってしまえば、今の季節なら、低体温症で楽に死ねるはずだ。

アパートで自死すれば、あの部屋を事故物件にしてしまう。となると、保証人の要らない部屋を探している、私のような人たちが困るだろう。深い山奥なら、誰にも迷惑はかからない。

だから、これが一番いい方法だ。

そう開き直ると、ようやく身体にこもっていた力が抜けた。

入れ替わるように、突如、猛烈な眠気が込み上げる。これまでの、規則的な振動が誘う緩慢な眠気とは明らかに質が違う。まるで、今、ここで強力な睡眠薬を飲んだみたいだ。

底なし沼にずるずると呑み込まれていくように、抗う術もなく、苑子は深い眠りに落ちていった。

どれくらい眠っていたのだろう。次に眼を覚ましたとき、バスは停まっていた。

終点の温泉地に到着してしまったのだろうか。

苑子は慌てて周囲を見回す。

だが、窓の外は相変わらず深い森の中で、観光地らしい風情はまったくない。針葉樹が立ち並ぶ林に、細い雨が降りしきっている。

「お客さま」

そのとき、若い男の声がした。

ハッとして視線を上げると、深く制帽をかぶった男が、運転席からこちらを振り返っている。

「お客さま、誠に申し訳ございません。当バスに、エンジントラブルが起きました。大変恐縮ですが、お客さま方には、一旦、こちらでバスを降りていただいております」

「え……」

運転士の言葉に、苑子は耳を疑った。

こんな山奥で、しかも、氷雨が降る中、バスを降りろというのか。

しかし、バスの座席を改めて見直すと、一緒に乗っていた乗客の姿が一人もない。

「お客さまが最後です」

運転士が促すように告げてくる。

仕方なく、苑子はシートから立ち上がった。重たい身体を引きずるようにして、前方の出入り口に向かう。

「道なりに歩いていただくと、宿泊施設があります。代わりのバスがくるまで、お客さま方にはそちらで休んでいただくことになっております」

フロントガラスの向こうに見える細い道を、運転士が指さした。制帽を目深にかぶっているため表情は読めないが、随分と若い男のようだ。

こんな人だったっけ……。

訝（いぶか）しさが、苑子の胸をかすめる。

運転士がどんな人かは気に留めてもいなかったが、運転席に座っているのは、十代の少年のような華奢な体格の男だった。なんだか、高校生が運転士のコスプレをしているみたいだ。

おまけに、制帽からはみ出した髪が、明るい茶色をしている。

「大丈夫ですよ。宿泊施設には既に連絡がいっていますので、なんの問題もございません。この先を歩いていけば、迷わずたどりつけますから」

苑子の表情を不安と受け取ったのか、茶髪の運転士が少しくだけた口調になった。

「道は一本しかありませんし、迷いようもないっていうか」

運転士の口角が持ち上がり、その唇から「へへっ」と場違いな笑い声が漏れる。

啞然として見返すと、運転士はすぐに口元を引き締めて前を向いた。

妙な運転士だとは思ったが、苑子はそれ以上構わずに、無言でステップを踏んだ。

背後で「やっべ」という呟きが聞こえた気がした。

変な人。

第一、こんなところでエンジントラブルだなんて……。

よく誰も抗議をしなかったものだ。それとも、自分が寝ている間に、既にひと悶着あったのだろうか。

背中に茶髪の運転士の視線を感じたが、苑子は振り返らなかった。

どの道、どこか人気(ひとけ)のないところでバスを降りようと思っていたのだ。そう考えれば、ここはおあつらえ向きといえる。

運転士に見られているとまずいので、ひとまず、苑子は一本道を歩いた。

傘も差さずに、氷雨の降る山奥を道なりに進む。周囲は落葉樹が散らした落ち葉で一杯だ。濡(ぬ)れた落ち葉は滑りやすく、苑子は何度も足を取られそうになった。

あのお年寄りたちが、こんな道を歩いていったとは、とても信じられない。

不思議と寒さはあまり感じなかったが、悪路に息が弾む。加えて、周囲には深い霧が立ち込め始めた。

そっと背後を窺うと、バスは白い霧の中にすっかり隠されていた。普段なら、不安でどうしようもなくなるところだが、苑子は却って覚悟が決まった。

一本道を外れ、落ち葉を踏んで、より深い山の奥へ分け入ってゆく。

これなら、自死ではなく、事故死として扱われるかもしれない。バス会社から補償金が出たら、母は喜ぶだろうか。

ここまできて、まだ母の機嫌を伺おうとしている自分に気づき、苑子は忸怩(じくじ)たる気分になった。

母にとって、自分は忌むべき蛇なのに。

でも、もう、そうしたことも関係ない。二度とこんなことを思い悩まずに済む世界にいこう。

この子と一緒に……。

静かに下腹に手をやる。

ずっと一人きりだったけれど、最後の最後は一人ではない。そう思えば、この成り行きは悪くない。

立ち込める霧の中、苑子は手探りをするように歩いた。

白い霧に、見え隠れする杉や松の深緑。褐色に冬枯れしたカラマツ林。単調な世界に、雨の音だけが蕭々と響く。そこに、鳥や動物の気配はない。

随分、奥まで歩いてきた。

足が痺れ、視界が霞む。じっとりと汗が滲んできた。

そろそろ、いいかもしれない……。

ひときわ大きな杉の木の根元で、苑子は額に滲んだ汗をぬぐう。木の幹に寄りかかり、コートのポケットをまさぐろうとしたとき、ふいに一陣の強い風が吹いた。

苑子はハッと息を呑む。

立ち込めていた霧がはらわれ、眼の前に真っ青な湖が現れた。まるで青玉を溶かしたような澄んだ湖が、どこまでも広がる。

「お母さん！」

その途端、傍らで声が響いた。

いきなり小さな影に抱き着かれ、尻もちをつきそうになる。

腰の辺りに抱き着いてきたのが幼い女の子であることに気づき、苑子はなんとか踏みとどまった。

「お母さん、お母さん！」

無我夢中でしがみついてくる女の子を受けとめているうちに、苑子は段々、自分がこの子を知っている気がしてきた。

知っているもなにも――。

苑子は突如思い当たる。もしかすると、この子は、自分の子どもではないのか。

「お母さん、ずっと待ってたの」

涙を一杯に溜めた大きな瞳で見上げられ、苑子は確信した。

この子は、お腹の中の子どもだ。

子どももろとも、自分はもう死んでしまったらしい。ここはきっと、霊魂が次の世界へいく前にさまよう煉獄というところだろう。

「ずっと一人で待ってたんだよ」

涙をこぼして訴える女の子の前に膝をつき、苑子は改めてその華奢な身体を胸に抱きしめた。

「待たせてごめんね」

「お母さん、もうどこにもいかないで」

女の子が苑子の胸に顔を埋め、激しく泣きじゃくる。愛しさが込み上げ、苑子は女の子を抱きすくめて髪を撫でた。

「どこにもいかない。ずっと一緒にいるよ」

「本当に？」

「本当だよ」

ようやく落ち着いた女の子が、苑子の胸から顔を離す。苑子はコートのポケットからハンカチを出して、泣き濡れた頬をふいてやった。

くっきりとした二重目蓋の大きな眼が苑子を見上げる。

なんて可愛い子――。

苑子は半ばうっとりとしながら、大きな黒い瞳から次々にあふれてくる涙をぬぐう。

こんなふうに泣けるなんて、この子はまだ、母親を信じているんだ。

お前は蛇みたいだと頭を小突かれてから、苑子は母の前で泣けなくなった。泣いたところでどうにもならないと、あきらめてしまったのだ。

素直で可愛いこの子なら、幸せな人生を歩めたかもしれないのに。

そう思った瞬間、強い痛みが胸を刺す。この子の一生を奪ってしまったのが自分であることに、苑子は今更のように気づかされた。

嵐のような後悔が湧いたが、どうすることもできない。

だが女の子は、色白の頬に花がほころぶような笑みを浮かべ、再び苑子の首にしがみついてきた。

「お母さん、約束だからね」

その身体はあまりにか細い。華奢を通り越して、儚く壊れてしまいそうだ。むき出しの細い腕が、小刻みに震えていた。

この寒空の下、女の子はひらひらとした薄手のシャツと、オーバーオールしか身に着けていない。

「大丈夫？　寒いでしょう？」

思わず尋ねれば、女の子が苑子にしがみついたまま首を横に振る。

「ずっと、暑かったの」

「暑かった？」

「うん……」

苑子の首のつけ根に顔を埋めたまま女の子は頷く。しかし言葉とは裏腹に、細い身体はすっかり冷え切ってしまっていた。急いでコートを脱ぎ、苑子は女の子の身体を包んだ。途端に、骨の芯まで痺れるような寒さに襲われる。

ずっと寒さを感じなかったのに、苑子の身体ががくがくと震え出した。雨粒までが、急に重量を増したようだ。

「お母さん、ありがとう」

見上げてくる女の子の頰が血の気を失い、唇が紫色に変わっている。このままでは、この子は凍えてしまう。

なんとかしないと――。

焦って周囲を見回すと、青く澄んだ湖の向こうに、古いお屋敷のようなものが建っていることに気がついた。

〝道なりに歩いていただくと、宿泊施設があります〟

ふいに、若い運転士の言葉が甦り、苑子は眼を凝らす。

それでは、あそこにバスの乗客たちがいるのか。

突如、さまよっている煉獄と思しき世界と、現実の境目が曖昧になった。

一体、自分は今、どこにいるのだろう。あの世なのか。この世なのか。

傍らの女の子が激しく咳き込み、苑子はハッと我に返る。

とにかく、この子を助けないと。たとえここが死後の世界でも、我が子に苦しい思いはさせたくない。

女の子を背負い、苑子は歩き始めた。

よく見れば、湖の周囲には遊歩道が張り巡らされている。この遊歩道を渡っていけば、あのお屋敷にたどり着けるに違いない。

「しっかりつかまっていてね」

女の子に声をかけ、吹きつけてくる雨風に向かい、苑子は一歩一歩足を進める。白樺(しらかば)の木立の中、遊歩道はどこまでも長く延びていた。

コートを羽織った女の子の身体は、風のように軽い。まるで、コートだけを背負っているみたいだ。

「がんばって。もうすぐ着くからね」

白樺の木立を抜けて、青い湖から遠ざかるにつれ、段々女の子の身体がぐったりとしてきた。やがて、女の子がなにかを呟いていることに気づき、苑子は足をとめた。

「え、なに？」

女の子を背負い直そうとすると、小さな声が、しかし、はっきりと耳元で響く。

「やっぱり、お母さんじゃない」

悲しみに満ちた声音に、苑子はぎくりと身を強張らせる。

「そんなこと……」

途中で苑子の声が途切れた。この子は、気づいたのだろうか。苑子が、この子もろとも、自死を選んだことに。

「お母さんじゃないっ」

悲痛な叫び声が響いた。

「お願い、そんなこと言わないで。もう、私を一人にしないで。あなたのためなら、私はなんでもするから……」

苑子の心に、強い懇願が湧く。

その瞬間、背負っているコートがずしりと重くなった。みしみしと重力を増し、苑子を背後から押し潰そうとする。

コートの中に、既に女の子の姿がないことを、苑子は本能的に感じた。

「待って、いかないで」

苑子の口から悲鳴に近い声が漏れる。

背中から肩口に、ぎりぎりと圧力がかかり、苑子は崩れ落ちるように遊歩道に膝をついた。女の子の代わりにコートに入ってきたものが、自分を屈服させようとしている。

「や、やめて」

もがきながら視線を上げ、苑子は「ひっ」と息を吞んだ。

白い霧の中に見え隠れする大きなお屋敷の壁が、炎に包まれたように赤く燃えている。黒い針葉樹林を背に、真っ赤に燃えさかるお屋敷は、酷く禍々しく見えた。

そのとき、苑子ははたと悟った。

たとえ一緒に死んだとしても、自分とお腹の子が、共にいられるはずがないことに。

煉獄をさまよう魂には浄化へ至る道もあるだろうが、自死を選んだ自分を待っているのは、地獄の業火だけだ。

燃えさかる炎が、苑子と子どもの道を違える。

〝やっぱり、お母さんじゃない〟

悲しげな声が、耳の奥で木霊した。

そうだ……。それに本当は、あの子は私の子どもではない。

朦朧とし始めた意識の中、ふいに、現実的な一齣が閃く。

この世の不幸をなに一つ知らないような、あどけない笑みを浮かべた女の子。

あの子の写真を、何度となく眼にした。昨年の秋頃、盛んに報道されていた、ニュースやワイドショーで――。

苑子は激しい動悸に襲われる。

あの子は、事件の被害者だ。

両親がゲームセンターにいっている間、車の中に放置されていた五歳の子ども。

車は木陰に駐めたのだと、逮捕当時、父親は声高に主張した。しかし、両親が何時間もゲームに熱中している間に、女の子の眠っている後部座席に西日が直に当たるようになり……。

残暑の中、車内の温度は五十度近くまで上昇し、母親が女の子のオーバーオールのポケットに忍ばせておいたキャラメルは、完全に溶け切っていたという。

〝ずっと、暑かったの〟

女の子のか細い声が甦る。

後に、熱中症で亡くなった女の子が日常的に虐待を受けていた疑いが持ち上がった。躾と称して減量を強いられていた女の子の体重は平均体重より五キロも少なく、栄養失調寸前だった。

〝酷いことするよなぁ。どう考えてもまともじゃないよ。こんなことになるなら、端から子どもなんて産まなきゃいいじゃん〟

ソファに寝っ転がってビールを飲みながら、蓮が間延びした声をあげる。

〝ね、苑ちゃん〟

幻聴に同意を求められ、苑子は耳をふさいだ。

その後の取り調べの結果、極端な食事制限を強いていたのは、当初子育てへの関与を否定していた父親の仕業で、母親もまた、日常的な心身への暴力により、その男の支配下に置かれていたことが判明した。事件当日も、ゲームに熱中していたのは父親のみで、母親はその背後で、ただ、夫がゲームをする様子を延々と見せられていただけだった。

しかし、ワイドショーで繰り返し報道されていたのは、主犯格の父親よりも、腰まで届きそうな長い茶色の髪をした若い母親の姿だった。

〝自分がゲームをしていないなら、どうしてお母さんは駐車場に戻らなかったんですかね〟

〝子どもが心配じゃなかったんでしょうか〟

〝少し考えれば、分かることですよね〟

コメンテーターたちは、険しい表情で言葉を交わしていた。

〝優しいお母さんに見えました〟

近所の人からの数少ない好意的な証言は、女の子の死亡という痛ましい現実の前では、微塵（みじん）の効力も持っていなかった。

事実、惨（むご）い事件だと思う。

でも――。

なぜ女だけが、〝端から産まなければいい〟と責められなければならないのか。

子どもは、女性が一人だけで作るものではないのに。

あの子は、青く澄んだ湖の岸辺で母親の迎えを待っている。

しかし、結果的に我が子を死に至らしめた母親が、あの子のいる煉獄にたどり着くことは決してないだろう。

あの子は永遠に、あそこで母を待ち続けるしかないのだ。

なんて、不憫な……！

あの子はまだ、あんなにも母親を信じているのに。

苑子の口元から嗚咽が漏れる。

それは決して他人事ではない。

もし、今の自分が本当に死んでいるなら、お腹の子は、こことは違う、どこかの煉獄を一人でさまよっていることになる。

そう気づいた瞬間、背後から襲ってくる巨大な絶望が、ついに苑子を押し潰した。

めらめらと燃えるお屋敷の前で、苑子は完全に平伏した。


うっすらと眼をあけると、すぐ傍で赤い火が燃えていた。苑子はぼんやり、炎の揺らめきを眺める。地獄の業火にしては、その炎は穏やかで温かい。

「気がつきましたかぁ」

いきなり声をかけられ、ぎょっとした。起き上がろうとした瞬間、眩暈に襲われる。

「あ、まだ無理しなくていいですよぉ」

やがて視界の焦点が定まると、眼の前に、肉づきのいい若い女性がいることに気づいた。

「ここは……」

「山亭ですよ」

「山亭？」

「はぁい、そうですすよぉ。私は山亭のフロント係ですぅ」

白地に黒と褐色のまだら模様を散らしたプリント柄のワンピースを着た女性が、にいっと笑みを浮かべてみせる。

パチッと音がして、薪（まき）が爆（は）ぜた。

近くで赤々と燃えているのは業火ではなく、暖炉の火だった。苑子は、暖炉の前の革張りのソファに横になっていた。胸には、女の子を包んでいたコートがかけられている。

「災難でしたねぇ、お客さま。こんな山奥でバスの故障なんてねぇ」

硝子玉のような丸い眼で、フロントの女性が苑子をまじまじと眺めまわした。

「お客さま、当山亭の入り口で、雨の中、倒れてらしたんですよぉ。きっと、貧血ですねぇ。それを、パンガーが見つけて、ここまで運んできたってわけです」

「パンガー……」

「はぁい、当山亭の料理長です。丁度、森に狩猟にいっていた帰りだったんですよぉ」

情報量が多すぎて、理解が追いつかない。

しかし、ここが茶髪の運転士が言っていた「宿泊施設」であることに間違いはないだろう。

苑子はソファの上で身を起こし、改めて周囲を見回した。高級そうな絨毯が敷き詰められたロビーは薄暗く、中央には年代物の大きな柱時計が据えつけられている。

「それじゃ、ほかのお客さんたちも、皆、こちらへ？」

「ほかのお客さん？」

苑子が尋ねると、フロントの女性は一瞬、きょとんとした顔つきになった。

「ああ、そうそう。そうでした、そうでした」

それから、急にごまかすように大きく頷く。

「皆さま、お部屋でお休み中ですよ」

「お部屋で……？」

言いかけて、苑子は口をつぐんだ。

この山亭は、バス会社と業務提携でもしているのだろうか。代行バスを待つだけなのに、部屋まで開放するなんて、随分とサービスがいい。

少々訝しさを感じたが、ほかの乗客たちが高齢者ばかりだったことを考えると、そうした配慮も必要になる気がした。二十代の自分は、昏倒しても、ロビーのソファどまりだったようだけれど。

しかし、ロビーの奥はしんとしていて、足音の一つもしない。かちりこちりと柱時計が時を刻む音だけが、薄暗いロビーに妙に重たく響いていた。

暖炉の斜め上の窓に視線をやり、苑子は軽く眼を見張る。

萌黄色のカーテンが半分開いた窓は、真っ赤な大きな掌のようなもので埋め尽くされていた。よく見ると、紅葉した蔦の葉だ。山中の紅葉はすっかり終わっていたのに、山亭の壁や窓を這う蔦は、まだ見事に赤く染まっている。

お屋敷の壁がめらめらと燃えているように見えたのは、どうやらこの蔦の紅葉のせいだったらしい。

全部、夢だったのかな……。

苑子はぼんやりと考える。

宝石を溶かしたような青い湖も。湖畔の女の子も。なにもかも。

自分はあの大きな杉の根元で薬を飲んだにもかかわらず、結局死にきれず、朦朧としたまま、ここまで歩いてきてしまったのかもしれない。

苑子は無意識のうちに、下腹を撫でた。

「お目覚めですか、お客さま」

そのとき、背後で澄んだテノールの声が響いた。

振り返り、ハッとする。

長い黒髪の男が、音もなくこちらへやってくる。その姿形の美しさ。

思わず苑子は呆気にとられた。

胸まで届く黒髪は絹のように艶やかで、一筋の乱れもない。すっきりとした顎のラインに、長い首。弛みのない白い肌は真珠色の輝きを纏い、仄かに発光しているようだ。

鋭い鑿で一息に削ったような目蓋の下、黒曜石を思わせる瞳がじっとこちらを見つめている。苑子が足しげく通っていたホストクラブのナンバーワンですら、この男の美貌と比べたら、完全に月と鼈だ。

黒いスーツに身を包んだ男の全身からは、ホストたちが束になってもかなわない、本物の高貴さが漂っていた。

「当山亭のオーナーですよぉ」

フロントの女性に耳元で囁かれ、苑子は頰に血の気が差すのを感じる。きっと自分は、呆けたように、男の美しさに見惚れていたに違いない。

「お客さまにお茶を」

フロントの女性に言いつけると、男は苑子の向かいのソファにゆっくりと腰を下ろした。

「はぁい」

ぴったりとしたプリント柄のワンピースに包んだ身体を揺すり、フロントの女性が踊るような足取りでロビーの奥へ消えていく。

女性がいなくなると、苑子はオーナーと二人、暖炉の前に取り残された。

組んだ長い指の上に、すっきりとした顎を載せ、オーナーが漆黒の瞳で正面からこちらを見据えてくる。暖炉の炎に照らされた白い顔は、研ぎ澄まされた彫刻の如く隙がない。

こんなに美しい男を前にすると、身の置き所が分からない。

鈍臭い――。

ふいにどこかから声が飛び、苑子はにわかに胸が苦しくなった。母が、クラスの女子たちが、冷たい眼差しを自分に注いでいる気がした。

〝ぐずでブスのくせに、なに舞い上がってるの？〟〝相手にされるわけないじゃん〟

〝ちらちらと人の顔色ばかり窺って、お前の眼つきは蛇みたいだ〟

蓮の自称誕生日に高級なシャンパンを常連客全員に振る舞ったときも、〝地味な子が無理しちゃって〟という囁きが漏れ聞こえた。

背中がどんどん重くなり、押し潰されそうになる。

ボーン　ボーン　ボーン　ボーン
重たい沈黙を裂き、柱時計が午後四時を告げた。

文字盤の下の扉が開き、時計の内部からなにかが出てくる。からくり時計の中から出てきたのは、巨大な猫の背に乗った女性だった。女性は、片方の手で子どもの手を取り、もう片方の腕には赤子を抱いている。

湖畔で女の子を抱きしめた感触が甦り、苑子は猫に乗った女性の姿から眼を離すことができなくなった。

「ショスティ・マーですよ」

苑子の視線の先をたどり、オーナーがおもむろに口を開く。

「ショスティ・マー？」

「インドの北東部、ベンガル地方に伝わる民間伝承の女神の名です。マーは母神、要するに、ショスティ母神という意味ですね。仏教における鬼子母神がヒンズー化された姿だとも言われていますが、子宝や、子どもの健康を護る土着の神として、ベンガル地方では、今でも篤い信仰を集めているのです」

「なぜ、猫に乗っているんですか」

「猫がショスティ・マーの眷属だからです。彼の地では、猫はショスティ・マーの祝福を受けた聖獣なのです」

　オーナーが組んでいた指を解(ほど)き、絹糸のような髪を耳にかけた。形のよい耳で、金色のピアスがきらりと光る。

「ショスティ・マーは、多くの子どもたちの命を奪う天然痘の女神、シータラーと敵対関係にあります。けれど、ある日、ショスティ・マーはシータラーとの戦いに敗れ、彼女自身が天然痘に冒されてしまいます」

　暖炉の火に照らされながら、オーナーが語ってくれた話は興味深いものだった。

　天然痘のできものに全身を覆われて苦しむショスティ・マーのもとへ、ある日、一匹の大きな猫が現れる。猫は毎日母神の身体を舐(な)め、ついには天然痘を完治させたという。

　以来、ショスティ・マーの眷属となった猫は、母神と共に子どもを護り、その見返りとして「一番良いものを真っ先に、好きなだけ食べる」ことを許されているのだそうだ。

　いかにも、気ままな猫の行動を肯定するような言い伝えだ。

　緊張を忘れて苑子が微笑むと、オーナーもわずかに口元を緩めた。怖いほどの美貌が、ほんの少しだけ穏やかな色合いを帯びる。

「猫が子どもや女性を護る話は、日本にも多く伝わっています」

続けてオーナーは、日本各地に残る、猫と幼き姫たちの話をしてくれた。

しかしそれは、ショスティ・マーの祝福を受けた気ままな猫たちとは異なり、大抵、悲劇的な結末を迎える。幼い姫に纏いつき、廁(かわや)にまでついていこうとする猫は、却って魔性のものととらえられ、排斥されたり、首を切り落とされたりしてしまう。刎(は)ねられた首が、廁に潜んで姫を狙っていた大蛇を食い殺したことによって、人々は初めて猫の温情に気づかされるのだ。

誤解されたまま命を落とす猫が不憫だった。

「猫が可哀そうです」

苑子が思ったままを告げると、オーナーは静かに首を横に振る。

「同情には及びません。今生(こんじょう)を一度しか生きられない人間と違い、猫には九つの命がありますす。〝猫に九生(きゅうしょう)あり〟という諺を聞いたことはありませんか」

そんな言い伝えを、苑子もどこかで聞いた覚えがあった。

「この諺は、しぶといとか、あくどいとか、さしてよい意味に使われません。霊力を持つ猫が、日本では猫又(ねこまた)として忌み嫌われてきた所以(ゆえん)でしょう」

醒(さ)めた眼差しで、オーナーが呟くように言う。

「その点では、猫の霊力を素直に崇(あが)めるインドの人々の思想に、軍配が上がるというものです」

オーナーの白い頬に、今度は酷薄そうな笑みが浮かんだ。

「ショスティ・マーは、猫の尊厳のために、人を罰することもあります」

「猫の尊厳……」

「さようです」

次にオーナーが語ってくれたのは、身の毛がよだつような話だった。

盗みや失敗をすべて猫のせいにしていたバラモン僧の妻は、ショスティ・マーの怒りに触れ、授けられた子どもをすべて取り上げられてしまう。

嘆き悲しむ妻の前に、一人の老婆が現れ、腐りかけた猫の死骸を指さして告げた。あの猫の死骸に壺一杯のヨーグルトをかけ、それを舌で舐めとって再び壺に戻せば、子どもたちは帰ってくると。

猫の死骸は腐りかけ、蛆が湧き、強烈な腐臭を放っている。

それでも、子ども恋しさにバラモン僧の妻は、老婆に言われた通り、泣きながら腐りかけた猫の死骸からヨーグルトを舐めとった。すべてのヨーグルトを壺に戻すと、老婆はショスティ・マーの姿となり、死骸も眷属の猫に変身し、子どもたちは無事返された。

ショスティ・マーは猫たちの冤罪を晴らし、今後一切、彼らの尊厳を侵さないようにと、バラモン僧の妻をきつく戒めたという。

子どもを取り戻すために、蛆の湧く猫の死骸にかけたヨーグルトを自らの舌で舐めとったバラモン僧の妻の姿を思い描き、苑子は身震いした。

あなたのためなら、私はなんでもするから……。

去っていこうとする女の子に自分がかけた言葉を思い出し、本当にそんなことができるのかと密かに自問する。

そもそも私は、この先、一体どうすればいいのだろう。

答えが見つからず、苑子は無言で暖炉の火を見つめた。ぱちぱちと薪が爆ぜ、周囲に仄かな木の甘い匂いが漂う。

「お客さまぁ、お茶が入りましたよぉ」

そこへ、トレイを手にしたフロントの女性が戻ってきた。

ソファの前のローテーブルにカップを置き、ポットからお茶を注いでくれる。綺麗な檸檬色のお茶だった。

「アイリッシュモスを加えたハーブティーです」

再び長い指を組んで、オーナーが説明する。

モスというと、苔だろうか。

「アイリッシュモスは、アイルランドの岩場の多い海岸に分布する海藻です」

苑子の疑問を読んだように、オーナーはつけ加えた。

「癖はありませんし、カフェインも入っていません。どうぞ、安心してお召し上がりください」

オーナーの薄い唇に、ゆったりとした笑みが浮かぶ。

まるで、自分が妊娠していることを見透かされているようで、苑子は急に居心地が悪くなった。

まさか、ね……。

これまで、外見だけでは誰にも気づかれなかったのだ。

ただの思い過ごしだと気を取り直し、苑子はそっとカップに口をつける。海藻と聞いて、少し塩気のあるものを想像したが、オーナーの言葉通り、まろやかで飲みやすいハーブティーだった。

「当山亭の料理長は、アイルランド出身なんですよぉ」

フロントの女性が三日月の形に眼を細め、ロビーの奥を指し示す。厨房(ちゅうぼう)に通じているらしい配膳室(パントリー)に、真っ白な長い髪を背中に垂らした、二メートル近い大男の影が見えた。

あの大男が、意識を失った自分をここまで運んでくれた「パンガー」なのか。

男が手に持っているのが、だらりと首を垂れた鴨であることに気づき、苑子はぎくりとした。ちらりとこちらを振り返ったパンガーの片目が、金色に光る。鴨を持ったまま、パンガーは大股(おおまた)で厨房へ消えていった。

「今夜は狩猟料理(ゲーム)ですよぉ。獲(と)れたての肉は最高ですよぉ。お客さまもいかがですかぁ」

フロントの女性が満面の笑みで迫ってくる。

腐りかけた猫の死骸と、首をだらりと垂れた鴨のイメージが重なり、苑子は胸が悪くなるのを感じた。

本当に、むかむかと吐き気がしてくる。

「す、すみません。お化粧室をお借りしたいのですが」

カップを置いて、苑子は立ち上がった。

「あちらです」

女性が示した方向へ、コートを羽織って足早に向かう。既に中期に入っているのに、今更悪阻が始まったのだろうか。

薄暗い廊下を渡り、突き当たりの大きな扉の前に立った。木製の重厚な扉を開けば、苑子の暮らすアパートの一室ほどの広さのある豪奢な空間が現れる。

個室のほかに、大きな鏡のついた化粧箪笥(だんす)が置かれたそこは、文字通りの〝化粧室〟だった。化粧箪笥の前の革張りの椅子に腰を下ろし、苑子は大きく息を吐く。

代行のバスは、いつくるのだろう。

しかし、バスがきたところで、自分がどうすべきか見当がつかない。

苑子はコートのポケットに手を入れて探った。薬の瓶を取り出すと、それは未開封のままだった。

震える手で、封をあける。

洗面台に捨てようとしているのか、それとも飲むつもりなのか、自分でも分からなかった。

豪華な飾り枠のついた鏡に映る浮腫(むく)んだ顔を、じっと見つめる。

そのとき、どこかから、奇妙な音が響いてくるのを感じた。

シャーッ　シャーッ　シャーッ……

ぜんまいが回るような、微(かす)かな、けれど、鋭い音が、周囲を侵食していく。注意深く辺りを見回し、苑子は身をすくませた。

個室の天井を、巨大な蛇が這っている。

ぜんまいのような音は、蛇の喉(のど)から漏れる威嚇音だ。苑子の姿に気づくと、蛇は鎌首を持ち上げ、菱形(ひしがた)に開いた口から先端の割れた細い舌を閃かせた。

シャーッ！

ひときわ大きな威嚇音を出して、蛇が天井から滑空してくる。

悲鳴をあげて苑子が身を伏せると、頭上で鏡の割れる音が響いた。鏡の破片がばらばらと飛び散る。苑子は必死の思いで、化粧室の隅まで後退した。

頭を抱えて震える苑子を見据え、蛇は冷たい声で呟いた。

オマエジャナイ
そして、鏡の破片を鱗に食い込ませたまま、長い身体をくねらせ、化粧室の扉を押しあけて外へ出ていく。

苑子は腰が抜けたようになり、暫し、その場にうずくまっていた。

オマエジャナイ——

ぞっとするような蛇の声が耳を離れない。

ふいに苑子の脳裏に、オーナーが語った先刻の伝承が浮かぶ。厠に身を隠した蛇が狙っているのは、幼い姫たちだったはずだ。

湖畔のあの子が、危ない。

そう思いついた瞬間、苑子は足元の鏡の破片を握って立ち上がっていた。

まだ脚の震えがとまらない。脆弱な自分に、なにかができるとも思えない。

でも、このままでは駄目だ。

鏡の破片に映る己の顔に頷き返し、苑子は蛇の後を追って駆け出した。

いつの間にか誰もいなくなったロビーを抜けて、屋敷の表へ出る。冷たい雨が吹きつけ、全身を刺すような寒気に包まれたが、苑子は怯まずに顔を上げた。

運動などまともにしたことのない足がもつれる。それでも地面を蹴って、懸命に駆ける。

そのとき、屋敷の中から突然弾丸のように飛んできたものに、後ろから激突された。

宙を舞った苑子の身体が、そのまま大きな獣の上に落ちる。

「しっかりつかまれ！」

顔だけ振り返ったのは、天鵞絨のような美しい毛並みに包まれた、巨大な黒猫だった。琥珀の如く輝く金色の瞳が、苑子を射る。

なんて立派な黒猫——。

一体どこから現れたのか。敵なのか、味方なのか。

猫のあまりの荘厳さが、込み上げかけた疑念を一瞬にして掻き消した。

この猫になら、なにもかも委ねられる。

苑子の胸に、畏敬の念が満ちた。

「だけど、どうして、私を助けてくれるの？」

恐る恐ると尋ねた苑子に、黒猫がきっぱりと告げる。

「助けたいのはお前ではない。声なき小さな者だ」

そうか。

猫はショスティ母神の眷属で、子どもの護り神なのだった。

合点した苑子は黒猫の首につかまり、蛇の尻尾が見える方向を指さした。黒猫が頷き、大きく跳躍する。その耳に、金のピアスが光っている。

氷雨も、霧も、颪も切り裂き、苑子はショスティ・マーの如く黒猫に乗って宙を駆けた。

背後からは、眷属の猫たちが駆けてくる。真っ白な長毛をなびかせるオッドアイ、丸々と太った三毛、機敏な茶虎。全員が爛々と瞳を輝かせ、颪を切ってやってくる。

気づいた蛇が振り返り、大きく口を開いた。鎌首を持ち上げた蛇は、どす黒い喉の奥から鋭い毒の矢を放つ。黒猫が大きく身を躍らせて、それを躱した。

背後の猫たちも、右へ左へと矢をよけながら空を駆ける。

ひゅんひゅんと周囲を飛ぶ鋭い矢が恐ろしかったが、苑子は蛇を見失うまいと懸命に眼を見張った。

やがて視界の向こうに、宝石を溶かし込んだような、真っ青な湖が現れた。

「我等はこの姿では、まだあの場所には近づけない。ここから先は、お前が一人でいけ」

黒猫に振り落とされ、苑子は遊歩道の上に尻もちをついた。即座に起き上がり、前を向く。猫たちに見守られながら、苑子は自分の足で湖畔へと急いだ。

「声をあげろ！」

背後で、黒猫が厳かな声を響かせる。

「声をあげろ！　声をあげろ！　声をあげろ！」

三匹の猫たちも、一斉に唱和した。

苑子は鏡の破片を握り直し、遊歩道に残る蛇の身体が引きずられた跡を追った。破片を浴びた蛇は、ところどころに黒い血痕を残している。蛇もまた、満身創痍なのだ。

負けてはいけない。

苑子は歯を食いしばる。

子どもの頃からずっと救いを待っていた。愛してくれない母から、暴力を振るう弟から、自分を蔑ろにするクラスメイトから、自分を金づるにしか思っていない〝恋人〟から、誰かが救い出してくれるのを待っていた。

でも、待っているだけじゃ駄目なんだ。

霧に閉ざされて、もう、猫たちの姿は見えない。

白樺が立ち並ぶ湖畔にたどり着いた瞬間、眼に入った光景に、苑子は全身を総毛立たせた。

女の子の顔も見えないほど、蛇が細い身体にみっちりと絡みついている。このまま女の子を、絞め殺すつもりなのか。

叫ぼうと息を吸い込んだ途端、先んじて罵声が飛んできた。

〝役立たず〟〝嘘つき〟〝使えない〟――。

これまでぶつけられてきた言葉の礫が、喉元に飛び込んできて、苑子自身の叫びを奪う。

届かない。

やっぱり、どこにも届かない。

苑子の喉が凍りついたようになり、背中がどんどん重くなる。

「声をあげろ!」

そのとき、霧の向こうから声が響いた。

めらめらと赤い炎に包まれる山亭を背景に、美貌のオーナーが長い黒髪をなびかせて立っている姿が浮かぶ。黒曜石のような瞳が、苑子を穿つ。

苑子はきっと顔を上げた。

「その子を放せっ!」

初めて大きな声が出た。

同時に視界が滲み、母の前でもほとんど流したことのなかった涙があふれた。

「私は役立たずじゃないっ! 私にも言いたいことがあるっ! 私にだってやれることがあるんだっ!」

涙と共に、これまで言えなかった言葉が次々とあふれてくる。背中に乗っていた重しが、一つ、一つ、落ちていく。

苑子は鏡の破片を握り締め、蛇に突進していった。蛇の喉元に破片を突き立てると同時に、自分の手にも激痛が走る。

〝ちらちらと人の顔色ばかり窺って、お前の眼つきは蛇みたいだ〟

母の悪罵が耳元に響く。

いかにも、この蛇は私だ。

溜め込んでいた恨みがとぐろを巻いて、心に蛇を生んだのだ。でも――。

「私は蛇じゃないっ！」

改めて叫んだ刹那(せつな)、蛇の鱗がばらばらと剝(は)がれ落ち、やがてはすべてが砕け散った。

絡みつかれていた幼い女の子が、気を失って倒れる。苑子は両腕を差し伸べ、その身体をしっかりと胸に抱きとめた。

お腹の子でも、虐待事件の被害者の女の子でもない。

蛇に巻きつかれていたのは、幼い頃の苑子自身だった。

「ごめんね……」

苑子はかつての自分に詫(わ)びる。

あなたのために、一度も怒ってあげなくて、一度も戦ってあげなくて、本当にごめんなさい。

幼いときは、本当に返す言葉を知らなかった。

でも今の私には、あげるべき声も、取るべき手段も、探せばあったはずなのに。

まだ、間に合うかな――。

あなたにしてあげられなかったことを、私は、生まれてくる子にできるのかな。

苑子は自分で自分を強く抱きしめる。

〝できるよ〟

どこかで、幼い女の子の声が響いた気がした。


広い駐車場には、強い北風が吹きつけてくる。

コートの襟をかき合わせ、苑子はマフラーに顔を埋めた。

十二月に入り、新宿の街は、どこもかしこもクリスマスソングとイルミネーションで一杯だ。今頃は、どこのホストクラブでも、ホストたちがサンタの恰好をして、ゲストの女性たちと狂騒を繰り広げているのだろう。

恐らく、蓮も。

なんの苦みもなく、苑子は思う。

生物学的にはお腹の子どもの父親だけれど、彼にはもうひとかけらの執着も覚えていない。これから彼とは、今までとはまったく違う向き合い方をしていくことになる。

「どうですか。入ってますか」

駐められた自動車の間を縫って歩きながら、苑子は駐車場の片隅にしゃがみ込んでいるぼさぼさ頭の男の背中に声をかけた。

「駄目だな。また、餌だけ、食われてる」

しゃがんで捕獲器を覗（のぞ）き込んでいる男の腰や膝に、数匹の猫が纏わりついている。

「あのキジトラを捕まえるには、踏み板式じゃ駄目みたいだな。あいつ、片目がいかれてるみたいだから、さっさと捕まえて病院に連れていきたいんだけどな」

ぼやきながら、男が捕獲器の中から空（から）になった皿を取り出した。

野良猫を去勢して、地域猫として自治体で管理する。これを、捕獲（trap）、去勢（neuter）、返還（return）の頭文字をとって、TNR活動というらしい。TNRを経た猫は、片耳の先端にV字の切り込みを入れられ、それが地域猫のしるしとなる。こうした活動には、多くの区や自治体が支援金を出している。

男に纏わりついているのは、全員、桜の花びらのように片耳をカットされた猫ばかりだ。

「こいつらは、簡単に引っかかってくれたんだけどなぁ」

ぼさぼさ頭を掻きながら、男が猫たちを片手で撫でる。

もともと狭いところを好む猫を、餌で捕獲器の中に誘い込むのは、それほど難しいことではない。踏み板式の捕獲器は、餌を食べようとした猫が板を踏むと、扉が閉まる仕組みになっている。大抵の猫は、この捕獲器に易々と引っかかる。ところが稀に、板を踏まずに上手に餌だけを食べてさっさと逃げていってしまう、すこぶる利口な猫がいるらしい。

悔しそうに振り返ったのは、中途半端な長髪で、眼の下に隈を浮かせた三枝弁護士だった。

いつも駐車場をうろうろしている薄気味の悪い男が、その実、こんな活動をしていたとは、つい最近まで知らなかった。

TNRのような活動があることも、三枝が本当は何をしているのかも、苑子は何一つ理解していなかった。

自死を決めて長距離バスに乗り込んだあの日――。

すっかり眠り込んでしまった苑子は、終点で、運転士から揺り起こされた。なかなか起きない苑子のことを、困惑顔で揺すっていた運転士は、初老に近い男性だった。

茶髪どころか、ほとんど毛髪が残っていなかった。

苑子は狐につままれたような気持ちでバスを降りた。終点は普通の温泉地で、一緒のバスに乗ってきた老婦人たちが、早速足湯に入って、お喋りに花を咲かせていた。

〝おねえさんもいらっしゃいよ〞

招かれるまま、苑子まで足湯に浸かってしまった。

すべては夢だったのだろうか。

ちょうどいい塩梅の温泉に足を浸しながら、ぼんやりと考えていると、初めて胎動を感じた。その瞬間、あらゆる感情が込み上げ、苑子は涙をとめることができなくなった。

〝あらあら、どうしちゃったの〞

老婦人たちになだめられながら、苑子はぼろぼろと涙を流し続けた。

結局、足湯に浸かっただけで、その日、苑子は再び長距離バスに乗り、新宿に戻ってきた。

深夜近く、新宿のターミナルに着き、苑子は駅のトイレでコートのポケットの中にある薬を捨てようとした。しかし、どれだけ探っても、薬の瓶は見つからなかった。

おまけに、なぜか右の掌に大きな蚯蚓腫れができていることに気がついた。

どこで薬を捨てたのか、どこで手を怪我したのか、いくら考えても、思い出すことができなかった。

そして、ふらふらと駅に向かって歩いているところを、いきなり、背後から腕をつかまれたのだ。

〝あんた、大丈夫かよ〟

腕をつかんでいるのが、薄汚れたジャンパーを着た長髪の弁護士だと気づいた瞬間、ようやく眼が覚めたようになって、苑子は大声で叫んでしまった。

「なんだよ、なにがおかしいんだよ」

空の捕獲器を手に立ち上がりながら、三枝弁護士が怪訝そうに眉を寄せる。眼の下に濃い隈を浮かせた三枝弁護士は、やっぱり人相がよいとは言えない。

「ごめんなさい、なんでもないです」

無愛想な顔を見返しながら、苑子は含み笑いをとめることができなかった。

あのときまで、見るからに怪しいこの男のことを、ずっと悪徳弁護士だと思い込んでいたのだから。

だって、どこからどう見ても、悪人っぽいんだもの……。

この人相のせいで、誤解を受けることも多かったのではないかと、苑子は密かに同情を覚える。

しかし、三枝弁護士は、向かいのホストクラブの入り口で何度も門前払いされ、そのたび抜け殻のようにふらふらと歩いていた苑子のことを、純粋に心配してくれていただけだった。事実、弁護士は、それ以前から苑子の動向を気にかけていたらしかった。

少し前、ホストに入れあげて多額の借金を作ってしまった水商売の女性の相談に乗ったとき、店に相当無理して通っている真面目そうな子がいると、苑子のことを聞かされたことがあったのだそうだ。

しかも、その真面目そうで地味な子が、どうやらホストの子どもを妊娠したらしく、出入り禁止にされているとも。

けれど、その話を聞いて尚、苑子はすぐには三枝弁護士を信用することができなかった。やっとのことで、これまでのことを包み隠さず打ち明ける気になったのは、彼の生い立ちを知ってからだ。

「ここはいいから、次にいこう」

しつこく足元に絡みつく猫をなだめつつ、三枝弁護士が歩き出す。

「はい」

苑子はその後に従った。

三枝弁護士は、TNRのほか、猫の排泄物の処理と、計画的な餌やりの活動にも取り組んでいる。三枝の事務所に通うようになってから、苑子は自然と彼のボランティア活動を手伝うようになっていた。

マスクをつけて、駐車場の植え込みの陰に設置された猫用トイレを一緒に掃除する。

「こいつらだって、躾けれぱ、子猫のうちからちゃんとトイレができるようになるんだ」

隣にしゃがんだ三枝弁護士の無精ひげに覆われた頬に、自嘲的な笑みが浮かんだ。

その横顔を、苑子はじっと見つめる。

三枝弁護士は、虐待サバイバーだった。

夫の暴力に耐えきれず、幼い三枝を抱いて家を出た母は、最初は必死に働いていたが、どこかでぷつりと糸が切れたようになり、仕事を放り出し、子どもの面倒もまったく見なくなった。

一日中オムツをつけっぱなしにされ、トイレトレーニングを受けたことのなかった三枝は、小学校に入っても、排泄のタイミングが分からなかったという。気がついたときには、漏らしてしまう。

「子どもにとって、下の失敗は地獄だよ」

初めて彼の事務所で話をした晩、三枝は溜め息をつくように言った。

汚い、臭い、ばい菌……。

排泄を失敗するたび、散々にはやし立てられ、学校生活に溶け込むことなど到底できなかった。加えて、その頃から母親が重度の鬱病を発症し、日常生活を送れなくなった。

「俺はたまたま、理解のある児童指導員がいる児童養護施設に保護されて、最高の里親に巡り合えたけどな」

　里親の愛情のもとで長い時間をかけて排泄の問題を克服し、三枝は勉学に打ち込んだ。もともと、頭脳は優秀な少年だったらしい。

　弁護士を目指したのは、自分の母親のような女性や、かつての自分のような子どもを減らしたいためだったそうだ。

「子どもの虐待は、大抵、手遅れになってから大ごとになる。でも、それじゃあ、意味なんて一つもないんだよ。死んでしまってから大勢で騒ぎ立てたって、遅いんだ」

　そう言ったときの三枝弁護士は、怖いほど真剣な眼差しをしていた。

「だから、事前の手立てが必要なんだ。家庭内暴力とか、貧困とか、依存症とか、虐待の要因はいろいろだけど、対処の方法がまったくないわけじゃない。頼る相手が肉親だけである必要はないし、行政だって、ある程度は利用できる。ただ、本当にそれを必要とする人間には、そういった知識がまったく届かないのが現実なんだ」

　三枝弁護士の母親は、鬱病が回復することのないまま、ウィルス性の肺炎で亡くなった。三枝が二十歳になる直前だったという。

　少しは母親の苦境を理解できる年齢になっていて、恨む気持ちだけではなく、冷静に見送ることができたのがせめてもの慰めだったと、三枝は苦い笑みを浮かべながら語った。

「子どもを産むか産まないかは、あんたが自分で決めるといい。だが、どちらにせよ、あんたには、あんたを首にした会社とも、あんたを妊娠させた男とも、戦う権利がある」

戦うつもりがあるなら、尽力は惜しまない――。

あのとき、三枝弁護士は、苑子の眼を見てそう言ってくれた。

〝声をあげろ！〟

胸の中で、毅然(きぜん)とした声が響く。

「よろしくお願いします」

その声に背中を押されるように、苑子は深く頭を下げていた。

「でも……」

猫用トイレの清掃を終え、保護猫たちお待ちかねのキャットフードを用意しながら、苑子は三枝弁護士に尋ねてみる。

「どうして、私のことをそんなに気にかけてくれたんですか」

ホストに泣かされている女なら、この街にはいくらでもいる。

「あんたは、俺の母親に似て、危なっかしい」

にゃあにゃあと催促する猫をひと撫でし、三枝が呟くように続けた。

「依存心が強いくせに、なんでも一人で背負い込んで、最後にはパンクするタイプだ」

図星を指され、苑子は唇を嚙んだ。

同時に、彼が本当に助けたいのは、苑子ではなく、お腹の中の子どもなのだろうと察する。かつての自分と同じ思いをするかもしれない子どもに、彼は手を差し伸べたいのだ。

〝助けたいのはお前ではない。声なき小さな者だ〟

どこかで、誰かからもそんなことを言われた気がする。

ただ、それが誰だったのかを考えようとすると、一気に記憶が曖昧になった。

「あんたにはしっかりしてもらわないと困る」

三枝弁護士の言葉に、苑子ははたと我に返る。

「責任を取ろうとしないホストもクズだが、妊娠を理由に、解雇を告げてきた法務担当者も相当のクズだよ。そもそも妊娠は、個人の能力と関係ない。そんなことで懲戒解雇を持ち出すのは、立派なマタニティハラスメントだ」

餌をせがむ猫にたかられながら、三枝弁護士が苑子を指さした。

「断固として、最後の最後まで戦い抜くつもりだから、あんたもそのつもりでいてくれよ」

「はい」

苑子は強く頷く。

既に苑子は子どもを産むことを決めている。子どもを護るためなら、どんなことにでも耐えるつもりだ。

そのときなぜか、昨年の秋、車内の熱中症で命を落とした幼い女の子の面影が胸をよぎった。

あの事件は、夫からのDVによる母親の責任能力への心理的影響を巡り、今でも裁判が続いているはずだ。あれだけニュースやワイドショーで騒がれていたのに、その後の詳細はほとんど報道されていない。次々に起こる惨い事件に、上書きされていってしまう。

でも、私は……。

一つ間違えば、自分もまた、被害者にも、加害者にもなっていた可能性があった。

女の子が一人、ぽつんと湖畔に佇(たたず)んでいる姿が浮かび、苑子は思わず自分の下腹を抱きしめた。

「私、この子のためなら、どんなことでもします。腐りかけた猫の死骸にかけたヨーグルトを舌で舐めとることを考えたら、なんだってできます」

気づくと、そう口にしていた。

「なんだそりゃ」

途端に、三枝弁護士が顔をしかめる。

「インドのベンガル地方に伝わる、ショスティ母神の神話……みたい、です」

答えながら、どうしてこんな話を知っているのかと、苑子自身、内心首を傾げた。

「神話ってのは、どこの国のもエグいよな」

三枝弁護士が、あきれたように苦笑する。

言われてみれば、そうかもしれない。ギリシャでも、日本でも、神話はとかく残酷な話が多い。

けれど神話は人の世の写し絵だ。

苛めや虐待やハラスメントや自死がはびこる現在に違わず、太古から人の世は、悲惨な事象に満ち満ちていたのだろう。

それでも負けない。自分はもう、一人ではないのだから。

〝できるよ〟

ふいに足元で声が響き、苑子はハッとする。

胸だけが白い小さな黒猫が、橄欖石を思わせるオリーブ色の瞳で、苑子をじっと見上げていた。思わず手を差し伸べると、猫はするりとそれを躱し、苑子が用意した餌を夢中で食べ始めた。

終

ついにときが満ちた。

海のような広大な駐車場で、為す術もなく窓硝子をひっかいていた残暑の日から一年と少しが巡り、今、この年の最後の満月が昇ろうとしている。

天鵞絨のように艶やかな漆黒の毛並み。琥珀色の瞳。

片耳に金のピアスをつけた堂々たる黒猫が、静かな足取りで屋敷の外へと向かっていた。

振り向くと、「山亭」と書かれたプレートが埋め込まれた城壁のような門の奥で、三匹の猫が黒猫を見送っている。

金色と水色の瞳を持つ、長毛の大きな白猫。丸々と太った、硝子玉のような瞳の三毛猫。まだ子猫に近い、遊び盛りの茶虎。

古来、猫の修業場と呼ばれる猫魔ヶ岳の深い山中で三匹と出会ったとき、黒猫はすぐに分かった。

彼らもまた、非業の最期を見守った者たちだと。そして、紀元前の昔から自分たちの中に脈々と流れる叡智に目覚め、〝我々〟が本当は何者であるかに気づいた者だ。

三匹に向き直った瞬間、黒猫は一人の美しい男に変化した。

片耳からピアスを外し、それを差し出す。

受け取る白猫も、いつの間にか、真っ白な髪を背中に流した大男になっていた。大男の背後では、肉づきのいい若い女と、茶髪の少年が笑みを浮かべている。

金のピアスをした猫は、魔性の使い。

ロシアにはそんな言い伝えもあるが、それは正確ではない。魔性はそもそも、〝我々〟の中にあるのだ。

オッドアイの大男にピアスを託し、美しい男は長い黒髪を翻し、一人、山亭を去る。

これからは、古代ケルトの記憶を持つ、パンガーことオッドアイの白猫がこの屋敷の主だ。

金のピアスを自分の耳につけたオッドアイの大男と並び、若い女と少年が、去っていく黒髪の男の背中に向けて手を振った。

長い黒髪の男はもう振り返らない。

霧の立ち込める中、白樺並木を抜け、遊歩道をすべるように歩く。やがて男の行く手に、眼が覚めるような青い湖が見えてくる。

迷える小さな魂が、この世に思いを残して生んだ場所。

決して果たされることのない、悲しき約束の地。

ああ、お前が望む姿になる妖力(ようりょく)を得るために、どれだけの愚かな人間たちを相手にしなければならなかったことか。

湖に向けて一歩一歩進むうち、いつしか男の身体を白い霧がすっぽりと包み込む。

真っ白な霧の中、男の姿が徐々に変化を始めた。背が縮み、黒かった髪が茶色になり、身体が男から女になっていく。

霧を払って現れたのは、茶色の髪を腰の辺りまで垂らした、若い母親の姿だった。

ああ、なぜお前は、自らを死に至らしめた者の姿をこうも求めるのか。

全知全能なる〝我々〟を以(も)ってしても、その理由は遥(はる)か遠くつかめない。

されど、人よ。お前よ。

その謎が故(ゆえ)に、〝我々〟は、こうもそなたたちに惹(ひ)かれるのかも分からない。

約五〇〇〇万年前の太古の昔。

森の中に、ミアキスと呼ばれる小型捕食動物が誕生した。やがてミアキスは、深い山奥の森の中で個として暮らすもの、山を出て草原で群れを成して暮らすものへと分かれていった。

我らネコ目(もく)ネコ科ネコ属は、深き山奥で、独り、孤高に生きることを選んだ誇り高きミアキスの末裔だ。森のミアキスである〝我々〟は、群れを成して生きることを選んだほかの動物たちのように、大きく姿を変えることも、ほかの誰かに飼いならされることも決してなかった。

たとえ〝我々〟が鼠を追うことがあったとしても、それは純然たる捕食と愉悦の衝動からで、断じて別の誰かに命じられたためではない。

それではなぜ、優秀たる〝猟犬〟にも、有用たる〝家畜〟にもならない我々が、こうも長い時間を人と共に過ごすようになったのか。

その理由は、さして難しいものではない。

一万一六〇〇年前の昔。チグリス川支流の肥沃な三日月地帯。ハラン・チェミと呼ばれる小さな村で、最初の交流は始まった。

若い母親の姿と化した黒猫の脳裏に、太古の記憶が甦る。

ご存じであろうか。

我らネコ属は、捕食のためでも、従属のためでもなく、自ら進んで人間に近づいてきた形跡のある、有史以来唯一の獣であるということを。

そして、深い山奥の森の中から人里に近づいてきた美しい小さな獣に、大昔の人々もまた、乏しい食料を分け与えてでも一緒に過ごしたいという、純粋な愛情を抱いたのだ。

〝猫ちゃん、おいで……〟

蓋の上に山盛りのヨーグルトを載せて差し出してきた女の子の笑顔に、太古の記憶が重なる。

以来、〝我々〟は、人間の観察者として、爪と牙を隠し、その傍らにとどまった。

中には、森のミアキスの末裔である記憶を個体の本能の中に忘れ、家猫になっていくものもいたが、どの猫の心の奥底にも、深い山の中でたった独り生き延びてきた叡智と魔性が、脈々と受け継がれている。

群れを成さない〝我々〟は、独りであり、全員なのだ。

決して馴れず、従わず、〝我々〟は人の生を間近で見つめ続けた。

しかし、お気づきであろうか。

日本語では「にゃーん」、英語では「MEOW」、中国語では「喵」と表される猫の代表的な鳴き声は、本来子猫が母猫を呼ぶものであって、成猫間で用いられるものではない。

あの情愛に満ちた甘い響きを成猫が発するのは、人に対してのみであることを。

人への呼びかけの声色を持つ唯一の獣である〝我々〟もまた、人に惹かれ、人を愛していたということを。

〝猫ちゃん……〟

乾ききった唇で、最後に自分を呼ぼうとした女の子のぐったりとした姿が浮かぶ。

人間の観察者である〝我々〟は、誇りにかけて、お前のその無念を絶対に見過ごしはしない。

山亭に残った三匹の猫たちも、愛する者の無念の死を看取ったものたちだ。彼らもいずれ力を蓄え、さ迷える魂を迎えにいくことだろう。

若い母親の姿に変化した黒猫は、ついに湖畔にたどり着いた。

ベンチの片隅に蹲っていた女の子が、はじかれたように顔を上げる。

「お母さんっ」

悲鳴のような声と共に、女の子が母親に駆け寄った。

「お母さん、お母さん、お母さん……！」

必死にしがみついてくる痩せ細った身体を、母親に化身した黒猫は無言で抱きしめる。

女の子の瞳に見る見るうちに涙があふれ、丸い頬を伝い、ぽたぽたと地面に散っていく。

ああ、さ迷える、憐れな無垢なる魂よ。

私はこの山の中で、曲がりなりにも一年以上、迷える人間たちの相手をしてきた。

小さきお前だけではなく、人間は皆、誰もが愚かで、脆く、弱く、悲しい。

しかしだからこそ、全能なる〝我々〟は、不完全なお前たちに惹かれてやまない。

若い母親の姿となった黒猫は、女の子の頬を伝う涙を指の腹でぬぐい、静かに手を取った。その手をしっかりと握り返し、女の子が黒猫を見上げた。

青い湖にかかっていた深い霧が晴れ、昇ってきた満月が、水面に一条の光の道を作る。

さあ、いこう。

ここはもう、お前のいるべき場所ではない。未練を払拭し、次なる世界へと進むのだ。

銀色の鱗粉のような月光が、二人の身体を包み込む。

湖上に浮かぶ一筋の光の道を、黒猫と女の子は手に手を取ってゆっくりと歩き始めた。

若い母親に化身した黒猫の瞳が、いつしか琥珀色の輝きに染まる。

私はついに、己の全能を取り戻した。あの日の私とお前の無念を晴らすときがやっときた。

もはや私にできないことはなにもない。

崇高な煌めきを宿した眼差しが、じっと傍らの女の子に注がれる。

この道を渡り、共にいこう。

すべての苦しみと哀しみから解き放たれて、もう一度新しく生まれ変わるために。
今宵(こよい)、九つある我が命の一つを、愛(いと)しきお前に与えよう。

主要参考文献

『猫はこうして地球を征服した　人の脳からインターネット、生態系まで』アビゲイル・タッカー 著／西田美緒子 訳（インターシフト）
『ねこはすごい』山根明弘（朝日新聞出版）
『世界の猫の民話』日本民話の会／外国民話研究会 編訳（筑摩書房）
『猫の歴史と奇話』平岩米吉（築地書館）
『猫の世界史』キャサリン・M・ロジャーズ 著／渡辺智 訳（エクスナレッジ）
『猫の日本史』桐野作人 編著（洋泉社）
『猫の不思議な物語』フレッド・ゲティングズ 著／松田幸雄、鶴田文 訳（青土社）
『猫のフォークロア　民俗・伝説・伝承文学の猫』キャサリン・M・ブリッグズ 著／アン・ヘリング 訳（誠文堂新光社）
『猫の神話』池上正太（新紀元社）
『アンドルー・ラング世界童話集第8巻　べにいろの童話集』アンドルー・ラング 編／西村醇子 監修（東京創元社）
『インド動物ものがたり　同じ地上に生なすもの』西岡直樹（平凡社）
『家庭で作れるアイルランド料理　ケルトの国からの素朴であたたかな家庭料理レシピ集』松井ゆみ子（河出書房新社）

『ケルトの国のごちそうめぐり』松井ゆみ子（河出書房新社）
『「生存者（サバイバー）」と呼ばれる子どもたち　児童虐待を生き抜いて』宮田雄吾（角川書店）
『児童虐待から考える　社会は家族に何を強いてきたか』杉山春（朝日新聞出版）

本作の「白猫パンガー」の詩は、

『世界の猫の民話』（筑摩書房）の渡辺洋子（わたなべようこ）さんの訳詩を引用しています。

解説

平埜生成（俳優）

ねえ、どの話が好きだった？

私は同じ本を読んだ友人にそう語りかけたい。もちろん、すぐに答える必要はない。一度、大きく伸びをして、リフレッシュしてから教えて欲しい。この後、学校・仕事が控えていたら、帰りの道すがら、ボンヤリ思い返すのも乙だと思う。この本にピッタリの紅茶と甘いクッキーを用意してから考えてみる、なんてのも最高だ。ともかく、目を閉じて、ゆっくりと呼吸しながら、もう一度この本の世界に戻ってみたい。

物語は地方都市の巨大な平面駐車場に植えられた、一本の楠の上にいる黒猫の視点から始まった。そこで猫は、偶然か必然か、ある少女の命が失われる瞬間を目撃してしまう。そして少女の瞳に映る青く澄んだ湖をじっと見つめていると、次第に物語の舞台は湖のそばに佇む「山亭ミアキス」へと変わっていく――。

山亭を経営するのは、人間の姿に化けた猫たちだ。艶やかな黒髪のオーナーをはじめ、個性豊かな従業員たちが働いている。そこへ訪れる迷いを抱えた人間たち。彼らはハラスメントや貧困、差別、ブラック労働にジェンダー問題と、さまざまな理由で苦しんでいた。

しかし、猫たちは彼らの悩みを解決するわけではない。彼らに猫の伝説を語り、贅沢な料理を振る舞い、しまいには精気を吸い取ってしまうのだ。そうして五篇の物語は、いつしか奇妙に絡み合っていく。

印象的な場面や人物、動物たちが頭に浮かぶことも多かった。ヨーロッパ建築を思わせるお屋敷のような山亭。まるで本物の香りが漂ってくるかのようなアイルランド料理の数々。青く光る幽玄な湖。湖畔に立つ小さな女の子に、象徴的な猫ちゃんたち。黒猫をはじめ、水色と金色のオッドアイをもつ白猫。丸々とした愛嬌のある三毛や、若くてやんちゃな茶虎――。

古内さんが描く世界は、いつも強烈なインパクトを私の心に残してきた。個人的な話で申し訳ないが、私が初めて出会った古内作品は『風の向こうへ駆け抜けろ』という女性騎手の成長を描いた物語だった。衝撃を受けた。物語や作品のテーマに感動したのはもちろんなのだが、とにかく驚いたのは、まるで映像作品を見せられているかのようなリアルな描写にある。実在するわけではないのに作中に描かれる競走馬「フィッシュアイズ」が私の頭の中に、たしかに現れたのだ！

気性が荒く、顔だけが白く染まった不思議な青鹿毛。そして、闘争心が宿る印象的な蒼白い眼……。

いやいや、私なんぞの表現力では伝えきれないので、是非とも読んで欲しいのだが、とにかく古内作品は「現実」として私の目の前に迫ってくるのだ。実際、私は馬が大好きになり（競馬場にはまだ行けていないが）、動物園に馬を見に行ったり、エサやりや乗馬体験をするようになった。

本を読んでいるとは思えないほどクッキリとした映像が脳内再生されるのは、古内作品の魅力の一つだろう。本作でも、そんな古内さんの筆力は遺憾無く発揮されている。だって、パンガーさんが作るアイルランド料理の数々に、唾液腺がキュッと刺激されたでしょう？

案の定というべきか、『風の向こうへ駆け抜けろ』は、二〇二一年にテレビドラマとして映像化された。初の古内作品の映像化だ。ほらね、と自慢したくなった。それほどまでに古内さんの作品は、フルハイビジョンで私たちの想像力を刺激してくれるのだ！

……なんだかここまで偉そうに語ってしまったので、ここで注意書きとでもいうか、正直に白状してしまうが、お察しの通り、私は物書きでもなければ評論家でもない。ただの古内一絵（かずえ）ファンであり、今、まさに本書を読み終えたあなたと同じ読者の一人である。

さらに恥を忍んで申し上げれば……、私は東京でしがない「俳優」をしている。もっとこき下ろすならば「売れない役者A」にすぎない。もちろん、ドラマ『風の向こうへ駆け抜けろ』には出演していない。情けない話だが、その程度の人間なのだ。だから私の意見など真に受けないで「同じ小説を読んだ友人の感想」というくらいの軽い気持ちで読んでくださいね。

さて。「解説」という貴重なご縁をいただき、私は何度も本作を読み返し、過去の古内作品も読み漁（あさ）ったのだが、本作はこれまでの古内作品の中でも、特に強く著者の声が聞こえてくるように思われた。

印象に残った言葉がある。

〝助けたいのはお前ではない。声なき小さな者だ。〟

これは湖畔に立つ少女の魂を救おうとする黒猫のセリフだ。ここでの「声なき小さな者」というのは、少女のことを指している。とても胸にくる場面だった。

だが、果たしてこのセリフ、少女のことだけを指しているのだろうか……。

私には、このセリフこそが著者の「叫び」に聞こえたのだ。

考えてみると、これまでの古内作品は全て「声なき小さな者」たちにフォーカスしてきたように思われる。それはデビュー作『銀色のマーメイド』で「周囲から孤立する水泳部員たち」を描いたときから一貫していて、本作も例にもれることはない。

たとえば、本作で何度「仕方がない」という言葉が使われているか、ぜひ振り返ってみて欲しい。仕方がないから眼をつぶったり、ナニカを確実にすり減らしたりしながら、本当に言いたいことを言葉にすることができない者たちがたくさん出てきたはずだ。

古内さんは、そんな「声なき小さな者」たちの声を巧みに掬い上げ、優しい光をふりそそいできた……のだが、本作はまた少し違ったテイストになっている。ストレートに表現するならば、読んでいて怖かったのだ。「いつもの古内さんはどこ⁉」と鼻水が出そうになるほど、私には震える読書体験になった。

それは「猫」の存在が大きく影響しているように思われる。強烈な存在感を放ちながらも、ある一定の距離感で迫ってくる猫たちに、誰もが恐怖を覚えたことだろう。

猫の視点だったからこそ、これまでよりもスパイシーに登場人物たちを激励したのかもしれない。ときにトラウマになるほどの体験をさせながら、人間たちに「気付かせた」のだ。自立した一歩を踏み出せるように。彼らに現実と責任を背負わせていった。

　とはいえ、やはり根底には古内さんの優しい眼差し（まなざし）が存在していたことにホッとした。どの物語も最後には登場人物たちの背中を押して、ピリオドを打ってくれたのだから。

「声なき小さな者」たちは、世間一般の価値判断に左右されない「自分で作り上げた倫理観」という〈ツルハシ〉を手に入れた。美沙（みさ）も、清人（きよと）も、由香子（ゆかこ）も、健斗（けんと）も、苑子（そのこ）も。みな、それぞれのツルハシを手に、この先の人生を切り開いていくはずだ。

　そして、そのツルハシは、読者である我々にも手渡されているのかもしれない。

　共に読書の旅を終えた今、私たちはどんなツルハシを手にしているのか……。

　考えさせられるものがある。

　やはり、古内作品は「現実」として迫ってくる。

　ああ、面白かった！

本書は、二〇二一年十一月に小社より刊行された
単行本を加筆修正のうえ、文庫化したものです。

山亭(さんてい)ミアキス

古内一絵(ふるうちかずえ)

令和6年 1月25日　初版発行

発行者●山下直久

発行●株式会社KADOKAWA
〒102-8177　東京都千代田区富士見2-13-3
電話　0570-002-301（ナビダイヤル）

角川文庫 23981

印刷所●株式会社暁印刷
製本所●本間製本株式会社

表紙画●和田三造

◎本書の無断複製（コピー、スキャン、デジタル化等）並びに無断複製物の譲渡および配信は、著作権法上での例外を除き禁じられています。また、本書を代行業者等の第三者に依頼して複製する行為は、たとえ個人や家庭内での利用であっても一切認められておりません。
◎定価はカバーに表示してあります。

●お問い合わせ
https://www.kadokawa.co.jp/（「お問い合わせ」へお進みください）
※内容によっては、お答えできない場合があります。
※サポートは日本国内のみとさせていただきます。
※Japanese text only

©Kazue Furuuchi 2021, 2024　Printed in Japan

ISBN 978-4-04-113559-4　C0193

◇◇◇

角川文庫発刊に際して

角川源義

第二次世界大戦の敗北は、軍事力の敗北であった以上に、私たちの若い文化力の敗退であった。私たちの文化が戦争に対して如何に無力であり、単なるあだ花に過ぎなかったかを、私たちは身を以て体験し痛感した。西洋近代文化の摂取にとって、明治以後八十年の歳月は決して短かすぎたとは言えない。にもかかわらず、近代文化の伝統を確立し、自由な批判と柔軟な良識に富む文化層として自らを形成することに私たちは失敗して来た。そしてこれは、各層への文化の普及滲透を任務とする出版人の責任でもあった。

一九四五年以来、私たちは再び振出しに戻り、第一歩から踏み出すことを余儀なくされた。これは大きな不幸ではあるが、反面、これまでの混沌・未熟・歪曲の中にあった我が国の文化に秩序と確たる基礎を齎らすためには絶好の機会でもある。角川書店は、このような祖国の文化的危機にあたり、微力をも顧みず再建の礎石たるべき抱負と決意とをもって出発したが、ここに創立以来の念願を果すべく角川文庫を発刊する。これまで刊行されたあらゆる全集叢書文庫類の長所と短所とを検討し、古今東西の不朽の典籍を、良心的編集のもとに、廉価に、そして書架にふさわしい美本として、多くのひとびとに提供しようとする。しかし私たちは徒らに百科全書的な知識のジレッタントを作ることを目的とせず、あくまで祖国の文化に秩序と再建への道を示し、この文庫を角川書店の栄ある事業として、今後永久に継続発展せしめ、学芸と教養との殿堂として大成せんことを期したい。多くの読書子の愛情ある忠言と支持とによって、この希望と抱負とを完遂せしめられんことを願う。

一九四九年五月三日

角川文庫ベストセラー

そんなはずない
朝倉かすみ

30歳の誕生日を挟んで、ふたつの大災難に見舞われた鳩子。婚約者に逃げられ、勤め先が破綻。変わりものの妹を介して年下の男と知り合った頃から、探偵にもつきまとわれる。果たして依頼人は？　目的は？

少女奇譚
あたしたちは無敵
朝倉かすみ

小学校の帰り道で拾った光る欠片。敵と闘って世界を救うヒロインに、きっとあたしたちは選ばれた。でも、魔法少女だって、死ぬのはいやだ。（表題作）など、少女たちの日常にふと覗く「不思議」な落とし穴。

マタタビ潔子の猫魂
朱野帰子

地味な派遣OL・潔子は、困った先輩や上司に悩まされる日々。実は彼らには、謎の憑き物が！『わたし、定時で帰ります。』著者のデビュー作にしてダ・ヴィンチ文学賞大賞受賞の痛快エンターテインメント。

落下する夕方
江國香織

別れた恋人の新しい恋人が、突然乗り込んできて、同居をはじめた。梨果にとって、いとおしいのは健悟なのに、彼は新しい恋人に会いにやってくる。新世代のスピリッツと空気感溢れる、リリカル・ストーリー。

泣かない子供
江國香織

子供から少女へ、少女から女へ……時を飛び越えて浮かんでは留まる遠近の記憶、あやふやに揺れる季節の中でも変わらぬ周囲へのまなざし。こだわりの時間を柔らかに、せつなく描いたエッセイ集。

角川文庫ベストセラー

冷静と情熱のあいだ　Rosso　江國香織

2000年5月25日ミラノのドゥオモで再会を約したかつての恋人たち。江國香織、辻仁成が同じ物語をそれぞれ女の視点、男の視点で描く甘く切ない恋愛小説。

泣く大人　江國香織

夫、愛犬、男友達、旅、本にまつわる思い……刻一刻と姿を変える、さざなみのような日々の生活の積み重ねを、簡潔な洗練を重ねた文章で綴る。大人がほっとできるような、上質のエッセイ集。

はだかんぼうたち　江國香織

9歳年下の鯖崎と付き合う桃。母の和枝を急に亡くした、桃の親友の響子。桃がいながらも響子に接近する鯖崎……〝誰かを求める〟思いにあまりに素直な男女たち〟〝はだかんぼうたち〟のたどり着く地とは――。

妖精が舞い下りる夜　小川洋子

人が生まれながらに持つ純粋な哀しみ、生きることそのものの哀しみを心の奥から引き出すことが小説の役割ではないだろうか。書きたいと強く願った少女は成長し作家となって、自らの原点を明らかにしていく。

アンネ・フランクの記憶　小川洋子

十代のはじめ『アンネの日記』に心ゆさぶられ、作家への道を志した小川洋子が、アンネの心の内側にふれ、極限におかれた人間の葛藤、尊厳、信頼、愛の形を浮き彫りにした感動のノンフィクション。

角川文庫ベストセラー

刺繡する少女　小川洋子

寄生虫図鑑を前に、捨てたドレスの中に、ホスピスの一室に、もう一人の私が立っている――。記憶の奥深くにささった小さな棘から始まる、震えるほどに美しい愛の物語。

偶然の祝福　小川洋子

見覚えのない弟にとりつかれてしまう女性作家、夫への不信がぬぐえない妻と幼子、失踪者についつい引き込まれていく私……心に小さな空洞を抱える私たちの、愛と再生の物語。

夜明けの縁をさ迷う人々　小川洋子

静かで硬質な筆致のなかに、冴え冴えとした官能性やフェティシズム、そして深い喪失感がただよう――。小川洋子の粋がつまった粒ぞろいの佳品を収録する極上のナイン・ストーリーズ！

不時着する流星たち　小川洋子

世界のはしっこでそっと異彩を放つ人々をモチーフに、現実と虚構のあわいを、ほんのり哀しく、滑稽で愛おしい共感の目でとらえた豊穣な物語世界。バラエティ豊かな記憶、手触り、痕跡を結晶化した全10篇。

幸福な遊戯　角田光代

ハルオと立人とわたし。恋人でもなく家族でもない者同士の共同生活は、奇妙に温かく幸せだった。しかし、やがてわたしたちはバラバラになってしまい――。瑞々しさ溢れる短編集。

角川文庫ベストセラー

ピンク・バス　角田光代

夫・タクジとの間に子を授かり浮かれるサエコの家に、タクジの姉・実夏子が突然訪れてくる。不審な行動を繰り返す実夏子。その言動に対して何も言わない夫に苛つき、サエコの心はかき乱されていく。

あしたはうんと遠くへいこう　角田光代

泉は、田舎の温泉町で生まれ育った女の子。東京の大学に出てきて、卒業して、働いて。今度こそ幸せになりたいと願い、さまざまな恋愛を繰り返しながら、少しずつ少しずつ明日を目指して歩いていく……。

愛がなんだ　角田光代

OLのテルコはマモちゃんにベタ惚れだ。彼から電話があれば仕事中に長電話、デートとなれば即退社。全てがマモちゃん最優先で会社もクビ寸前。濃密な筆致で綴られる、全力疾走片思い小説。

いつも旅のなか　角田光代

ロシアの国境で居丈高な巨人職員に怒鳴られながら激しい尿意に耐え、キューバでは命そのもののように人々にしみこんだ音楽とリズムに驚く。五感と思考をフル活動させ、世界中を歩き回る旅の記録。

恋をしよう。夢をみよう。旅にでよう。　角田光代

「褒め男」にくらっときたことありますか？　褒め方に下心がなく、しかし自分は特別だと錯覚させる。ついに遭遇した褒め男の言葉に私は……ゆるゆると語り合っているうちに元気になれる、傑作エッセイ集。

角川文庫ベストセラー

薄闇シルエット　角田光代

「結婚してやる」と恋人に得意げに言われ、ハナは反発する。結婚を「幸せ」と信じにくいが、自分なりの何かも見つからず、もう37歳。そんな自分に苛立ち、戸惑うが……ひたむきに生きる女性の心情を描く。

幾千の夜、昨日の月　角田光代

初めて足を踏み入れた異国の日暮れ、終電後恋人にひと目逢おうと飛ばすタクシー、消灯後の母の病室……夜は私に思い出させる。自分が何も持っていなくて、ひとりぼっちであることを。追憶の名随筆。

今日も一日きみを見てた　角田光代

最初は戸惑いながら、愛猫トトの行動のいちいちに目をみはり、感動し、次第にトトのいない生活なんて考えられなくなっていく著者。愛猫家必読の極上エッセイ。猫短篇小説とフルカラーの写真も多数収録！

赤×ピンク　桜庭一樹

深夜の六本木、廃校となった小学校で夜毎繰り広げられる非合法ファイト。闘士はどこか壊れた、でも純粋な少女たち——都会の異空間に迷い込んだ彼女たちのサバイバルと愛を描く、桜庭一樹、伝説の初期傑作。

推定少女　桜庭一樹

あんまりがんばらずに、生きていきたいなぁ、と思っていた巣籠カナと、自称「宇宙人」の少女・白雪の逃避行がはじまった——桜庭一樹ブレイク前夜の傑作、幻のエンディング3パターンもすべて収録!!

角川文庫ベストセラー

砂糖菓子の弾丸は撃ちぬけない
A Lollypop or A Bullet
桜庭一樹

ある午後、あたしはひたすら山を登っていた。そこにあるはずの、あってほしくない「あるもの」に出逢うために——子供という絶望の季節を生き延びようとあがく魂を描く、直木賞作家の初期傑作。

少女七竈と七人の可愛そうな大人
桜庭一樹

いんらんの母から生まれた少女、七竈は自らの美しさを呪い、鉄道模型と幼馴染みの雪風だけを友に、孤高の日々をおくるが——。直木賞作家のブレイクポイントとなった、こよなくせつない青春小説。

道徳という名の少年
桜庭一樹

愛するその「手」に抱かれてわたしは天国を見る——エロスと魔法と音楽に溢れたファンタジック連作集。榎本正樹によるインタヴュー集大成「桜庭一樹クロニクル２００６—２０１２」も同時収録!!

無花果（いちじく）とムーン
桜庭一樹

無花果町に住む18歳の少女・月夜。ある日大好きな兄が目の前で死んでしまった。月夜はその後も兄の気配を感じるが、周りは信じない。そんな中、街を訪れた流れ者の少年・密は兄と同じ顔をしていて……!?

GOSICK —ゴシック— 全9巻
桜庭一樹

20世紀初頭、ヨーロッパの小国ソヴュール。東洋の島国から留学してきた久城一弥と、超頭脳の美少女ヴィクトリカのコンビが不思議な事件に挑む——キュートでダークなミステリ・シリーズ!!

角川文庫ベストセラー

GOSICKs ―ゴシックエス― 全4巻　桜庭一樹

ヨーロッパの小国ソヴュールに留学してきた少年、一弥は新しい環境に馴染めず、孤独な日々を過ごしていたが、ある事件が彼を不思議な少女と結びつける――名探偵コンビの日常を描く外伝シリーズ。

ナラタージュ　島本理生

お願いだから、私を壊して。ごまかすこともそらすこともできない、鮮烈な痛みに満ちた20歳の恋。もうこの恋から逃れることはできない。早熟の天才作家、若き日の絶唱というべき恋愛文学の最高作。

一千一秒の日々　島本理生

仲良しのまま破局してしまった真琴と哲、メタボな針谷にちょっかいを出す美少女の一紗、誰にも言えない思いを抱きしめる瑛子――。不器用な彼らの、愛おしいラブストーリー集。

クローバー　島本理生

強引で女子力全開の華子と人生流され気味の理系男子・冬治。双子の前にめげない求愛者と微妙にズレてる才女が現れた！　でこぼこ4人の賑やかな恋と日常。キュートで切ない青春恋愛小説。

波打ち際の蛍　島本理生

DVで心の傷を負い、カウンセリングに通っていた麻由は、蛍に出逢い心惹かれていく。彼を想う気持ちと不安。相反する気持ちを抱えながら、麻由は痛みを越えて足を踏み出す。切実な祈りと光に満ちた恋愛小説。

角川文庫ベストセラー

B級恋愛グルメのすすめ　島本理生

自身や周囲の驚きの恋愛エピソード、思わず頷く男女間のギャップ考察、ラーメンや日本酒への愛、同じ相手との再婚式レポート……出産時のエピソードを文庫書き下ろし。解説は、夫の小説家・佐藤友哉。

シルエット　島本理生

人を求めることのよろこびと苦しさを、女子高生の内面から鮮やかに描く群像新人文学賞優秀作の表題作と15歳のデビュー作他1篇を収録する、切なくていとおしい、等身大の恋愛小説。

リトル・バイ・リトル　島本理生

ふみは高校を卒業してから、アルバイトをして過ごす日々。家族は、母、小学校2年生の異父妹の女3人。習字の先生の柳さん、母に紹介されたボーイフレンドの周、2番目の父――。「家族」を描いた青春小説。

生まれる森　島本理生

失恋で傷を負い、夏休みの間だけ一人暮らしを始めたわたし。再会した高校時代の友達や彼女の家族と触れ合いながら、わたしの心は次第に癒やされていく。少女時代の終わりを瑞々しい感性で描く記念碑的作品。

帝国の娘（上）（下）　須賀しのぶ

猟師の娘カリエは、突然、見知らぬ男にさらわれ、幽閉された。なんと、彼女を病弱な皇子の影武者に仕立て上げるのだと言う。王位継承をめぐる陰謀の渦中でカリエは……!? 伝説の大河ロマン、待望の復刊！

角川文庫ベストセラー

芙蓉千里　須賀しのぶ

北の舞姫
芙蓉千里II　須賀しのぶ

暁の兄弟
芙蓉千里III　須賀しのぶ

からまる　千早茜

眠りの庭　千早茜

明治40年、売れっ子女郎めざして自ら「買われ」、海を越えてハルビンにやってきた少女フミ。身の軽さと機転を買われ、女郎ならぬ芸妓として育てられたフミは、あっという間に満州の名物女に——!!

売れっ子女郎目指し自ら人買いに「買われた」あげく芸妓となったフミ。初恋のひと山村と別れ、パトロンの黒谷と穏やかな愛を育んでいたフミだったが、舞うことへの迷いが、彼女を地獄に突き落とす——！

舞姫としての名声を捨てたフミは、初恋の人・建明を追いかけて満州の荒野にたどりつく。馬賊の頭領である建明や、彼の弟分・炎林との微妙な関係に揺れながらも、新しい人生を歩みはじめるフミだったが……。

生きる目的を見出せない公務員の男、不慮の妊娠に悩む女子短大生、そして、クラスで問題を起こした少年……。注目の島清恋愛文学賞作家が〝いま〟を生きる7人の男女を美しく艶やかに描いた、7つの連作集。

白い肌、長い髪、そして細い身体。彼女に関わる男たちは、みないつのまにか魅了されていく。そしてやがて明らかになる彼女に隠された真実。2つの物語がひとつにつながったとき、衝撃の真実が浮かび上がる。

角川文庫ベストセラー

夜に啼く鳥は　千早　茜

少女のような外見で150年以上生き続ける、不老不死の一族の末裔・御先。現代の都会に紛れ込んだ御先は、縁のあるものたちに寄り添いながら、かつて愛した人の影を追い続けていた。

村田エフェンディ滞土録　梨木香歩

1899年、トルコに留学中の村田君は毎日議論したり、拾った鸚鵡に翻弄されたり神様の喧嘩に巻き込まれたり。それは、かけがえのない青春の日々だった……21世紀に問う、永遠の名作青春文学。

雪と珊瑚と　梨木香歩

珊瑚21歳、シングルマザー。追い詰められた状況で1人の女性と出会い、滋味ある言葉、温かいスープに生きる力が息を吹きかえしてゆき、心にも体にもやさしい、総菜カフェをオープンさせることになるが……。

さいはての彼女　原田マハ

脇目もふらず猛烈に働き続けてきた女性経営者が恋にも仕事にも疲れて旅に出た。だが、信頼していた秘書が手配したチケットは行き先違いで――？　女性と旅と再生をテーマにした、爽やかに泣ける短篇集。

翼をください　(上)(下)　原田マハ

空を駆けることに魅了されたエイミー。日本の新聞社が社運をかけて世界一周に挑む「ニッポン号」。二つの人生が交差したとき、世界は――。数奇な真実に彩られた、感動のヒューマンストーリー。

角川文庫ベストセラー

アノニム　原田マハ

ジャクソン・ポロック幻の傑作が香港でオークションにかけられることになり、美里は仲間とある計画に挑む。一方アーティスト志望の高校生・張英才のもとには謎の窃盗団〈アノニム〉からコンタクトがあり!?

校閲ガール　宮木あや子

ファッション誌編集者を目指す河野悦子が配属されたのは校閲部。担当する原稿や周囲ではたびたび、ちょっとした事件が巻き起こり……読んでスッキリ、元気になる！　最強のワーキングガールズエンタメ。

校閲ガール　ア・ラ・モード　宮木あや子

出版社の校閲部で働く河野悦子（こうのえつこ）。部の同僚や上司、同期のファッション誌や文芸の編集者など、彼女をとりまく人たちも色々抱えていて……日々の仕事への活力が湧くワーキングエンタメ第2弾！

校閲ガール　トルネード　宮木あや子

ファッション誌の編集者を夢見る校閲部の河野悦子。恋に落ちたアフロヘアーのイケメンモデル（兼作家）と出かけた軽井沢である作家の家に招かれ……そして社会人3年目、ついに憧れの雑誌編集部に異動に!?

砂子のなかより青き草　清少納言と中宮定子　宮木あや子

「女が学をつけても良いことは何もない」時代、共に息苦しさを感じていた定子となき子（清少納言）は強い絆で結ばれる。だが定子の父の死で一族は瞬く間に凋落し……平安絵巻に仮託した女性の自立の物語。

角川文庫ベストセラー

フリン　椰月美智子

父親の不貞、旦那の浮気、魔が差した主婦……リバーサイドマンションに住む家族のあいだで繰り広げられる情事。愛憎、恐怖、哀しみ……『るり姉』で注目の実力派が様々なフリンのカタチを描く、連作短編集。

消えてなくなっても　椰月美智子

運命がもたらす大きな悲しみを、人はどのように受け入れるのか。椰月美智子が初めて挑んだ〝死生観〟を問う作品。生きることに疲れたら読みたい、優しく寄り添ってくれる〝人生の忘れられない1冊〟になる。

明日の食卓　椰月美智子

小学3年生の息子を育てる、環境も年齢も違う3人の母親たち。些細なことがきっかけで、幸せだった生活が少しずつ崩れていく。無意識に子どもに向けてしまう苛立ちと暴力。普通の家庭の光と闇を描く、衝撃の物語。

さしすせその女たち　椰月美智子

39歳の多香実は、年子の子どもを抱えるワーママ。マーケティング会社での仕事と子育ての両立に悩みながらも毎日を懸命にこなしていた。しかしある出来事をきっかけに、夫への思わぬ感情が生じ始める――。

つながりの蔵　椰月美智子

小学5年生だったあの夏、幽霊屋敷と噂される同級生の屋敷には、北側に隠居部屋や祠、そして東側には古い〝蔵〟があった。初恋に友情にファッションに忙しい少女たちは、それぞれに「悲しさ」を秘めていて――。